日 本 の 俳 句 の 選 集

일본 하이쿠 선집

문학의 세계

日 本 の 俳 句 の 選 集

일본 하이쿠 선집

마쓰오 바쇼 · 요사 부손
고바야시 잇사 · 마사오카 시키
가와히가시 헤키고토

오석륜 옮김

책세상

일러두기

1. 이 책은 일본 근세 하이쿠의 대표 작가인 마쓰오 바쇼(松尾芭蕉), 요사 부손(與謝蕪村), 고바야시 잇사(小林一茶)와 일본 근대 하이쿠의 대표적 작가인 마사오카 시키(正岡子規), 가와히가시 헤키고토(河東碧梧桐)의 하이쿠 중 작가의 세계를 이해할 수 있는 대표작을 가려 뽑은 것이다.

2. 번역 대본으로는 이모토 노이치(井本農一) 外 編,《바쇼(芭蕉)》《鑑賞 日本古典文學 第28卷》(東京: 角川書店, 1975); 시미즈 다카유키(清水孝之)·구리야마 리이치(栗山理一) 編,《부손·잇사(蕪村·一茶)》《鑑賞 日本古典文學 第32卷》(東京: 角川書店, 1976); 마쓰이 도시히코(松井利彦) 外 註釋,《마사오카 시키 작품집(正岡子規集)》《日本近代文學大系, 第16卷》(東京: 角川書店, 1972); 마쓰이 도시히코(松井利彦) 外 註釋,《근대 하이쿠집(近代俳句集)》《日本近代文學大系 第56卷》(東京: 角川書店, 1974); 미즈하라 슈오시(水原秋櫻子) 編,《하이쿠 감상 사전(俳句鑑賞辭典)》(東京: 東京堂出版, 1968)을 사용했다.

3. 5-7-5, 17자의 음절로 이루어진 하이쿠의 맛을 살리기 위해 우리말 번역도 가급적 5-7-5, 17자의 정형을 지키고자 했다. 이해를 돕기 위해 원문과 해설도 첨가했다.

4. 원문의 한자에 히라가나를 붙인 것은 일반적인 한자 읽기와 다른 경우, 상용 한자가 아닌 경우, 작가 특유의 읽기에 의한 경우 등이다. 히라가나를 붙이지 않은 한자는 일반적인 일본어 한자 읽기 방법으로 읽으면 된다.

5. 맞춤법과 외래어 표기는 1989년 3월 1일부터 시행된〈한글 맞춤법 규정〉과《문교부 편수 자료》,《표준국어대사전》(국립국어연구원, 1999)을 따랐다.

松 尾 芭 蕉

마쓰오 바쇼

말 터벅터벅

날 그림으로 보는

여름의 들판

馬ぼくぼく我を繪に見る夏野かな

　터벅터벅 걸어가는 말이 메마른 땅을 밟을 때 내는 소리는 경쾌하게 들릴까 아니면 서글프게 들릴까. 구(句)에서는 바쁠 것이 없는 말과 유유자적한 바쇼 자신의 모습이 일체화되어 있는 듯하다. 1682년 12월에 있었던 에도(지금의 도쿄)의 화재로, 바쇼는 자신의 거처인 바쇼암(芭蕉庵)을 잃었다. 그래서 그다음 해부터 유랑 생활을 해야 했다. 이 작품은 그때 쓰인 것으로 보인다. 이 유랑이 당시의 그에게 결코 기분 좋은 일만은 아니었을 것이다. 자신을 말 위에 있는 존재로 보는 것은 자화상을 그리고 싶었기 때문일까. 아니면 더운 여름에 벌판을 느릿느릿 걸어가는 말 위에서 흔들거리며 가는 자신의 모습을 그림 속에 존재하는 것으로 상상했기 때문일까. 약간의 유머와 함께 자조적인 냄새도 풍긴다.

계절어(季節語): 여름의 들판(여름)

풀 베개 신세
개도 겨울비에 젖나
밤의 목소리

草枕犬も時雨¹かよるのこゑ

풀 베개는 여행지에서 잠을 청하는 바쇼의 상태를 짐작하게 한다. 그런 그에게 어둠 속에서 개 짖는 소리가 들려온다. 그것도 좀 거리가 떨어진 상태에서 들려온다. 개는 쓸쓸한 겨울비를 견디기 어려워서 울고 있는 것이다. 바쇼도 개와 마찬가지로 겨울비에 젖는다. 낯선 여행지에서 겨울비를 맞는 처량한 느낌이 고스란히 전해진다.

계절어: 겨울비(겨울)

길가에 핀
무궁화는 말에게
먹혀버렸네

道のべの木槿は馬にくはれけり

　자신이 타고 있는 말이 길가에 예쁘고 귀엽게 피어 있는 하얀 무궁화를 한입에 덥석 먹어버린 상황을 상상해보는 것은 그리 어렵지 않다. 바쇼는 이 구를 통해 말을 타고 가던 자신에게 펼쳐진 순간적인 경치를 담담하게 풀어냈다. 말과 인간이 꽃을 바라보는 시선은 다르다. 인간에게 무궁화는 즐겁게 감상하고 향기를 맡을 수 있는 대상이지만, 말에게는 먹이가 되는 것이다. 바쇼의 선적(禪的) 교양을 나타내는 하이쿠로 평가받는 작품이다.

계절어: 무궁화(가을)

꾀꼬리여

버드나무 뒤인가

풀숲 앞인가

鶯や柳のうしろ藪のまへ

꾀꼬리 소리가 여기저기서 들려온다. 버드나무 뒤에서도 풀이 우거진 숲에서도 들려온다. 평화롭고 한가로운 전원 풍경을 직접적으로 노래했다. 바쇼의 눈앞에 펼쳐졌던 수많은 꾀꼬리가 어느 쪽으로 자취를 감추었는지는 몰라도, 꾀꼬리는 여전히 그와 같은 시대를 살아가는 존재로 남아 있다. 같은 시간을 공유하고 있는 것이다.

계절어: 꾀꼬리(봄)

가을바람에
풀숲도 밭두둑도
후하(不破)의 관문(關門)

秋風や藪も畠も不破の關

　이 일대는 지금은 풀숲이나 밭두둑이 되어 있지만, 이 풀숲
도 밭두둑도 옛날에는 후하의 관문〔미노노쿠니 후하군세키
가하라무라(美濃國不破郡關ヶ原村)에 있었던 관문으로 헤이
안(平安) 시대에는 일본 삼관(三關)의 하나로 중요시되었던
곳이다〕으로, 무사들의 삼엄한 경호를 받았던 곳이다. 그렇지
만 지금은 가을바람만 덧없이 불고 있다. 지명을 후하(不破)
로 칭한 데서 바쇼의 넘치는 기지를 엿볼 수 있다. 현실의 모
습을 실제 존재하는 '풀숲'과 '밭두둑'으로 묘사한 것은 강한
구상성(具象性)을 보여준다. 자연은 변하지 않는다. 그러나
인간에 관계되는 것은 모두 변한다. 이것은 고래로부터의 시
가(詩歌)의 모티브다. 바쇼 또한 시간의 추이나 전통적·역사
적인 것이 붕괴되어가는 과정에 대해 특히 민감하다. 이 구를
짓고 5년 후인 1689년에 "여름 잡초여/ 병사들 고함 소리/ 꿈
의 자취가(夏草や兵どもが夢のあと)"라는 작품을 남기는데, 발
상의 계기는 마찬가지다. 그러한 발상의 방법은 상당히 일찍
부터 바쇼의 가슴속에 싹을 틔우고 있었다고 보인다.

계절어: 가을바람(가을)

산길에 와서
어쩐지 마음 끌리는
제비꽃이네

山路來て何やらゆかしすみれ草

　산길을 넘어와서 작은 풀꽃이 피어 있는 것을 문득 발견한다. 자세히 보니 귀엽고 사랑스러운 제비꽃이다. 이런 산길에서 발견한 제비꽃은 우아한 느낌을 주기 마련이다. 바쇼에게는 제비꽃을 만나는 자체가 즐거운 일이지 제비꽃의 향기나 빛깔은 그리 중요해 보이지 않는다. 이 구가 후세의 하이쿠 작가들에게 높이 평가받는 것은 자연의 정취를 솔직하게 표현하고자 하는 태도 때문이다.

계절어: 제비꽃(봄)

한 지붕 아래
기녀도 잤느니라
싸리와 달빛

一つ家に遊女も寝たり萩と月

한 지붕 아래에서 바쇼와 함께 아름다운 기녀도 묵고 있다. 때마침 바쇼가 묵고 있는 곳의 뜰에는 싸리가 그득히 피어 있고, 아름다운 달빛도 비치고 있다. 이 구는 바쇼가 이치부리(市振)의 숙소에 묵게 된 날 밤에 지은 것이라 한다. 그는 그때 바로 옆방에서 젊은 여자와 나이 든 남자가 슬픈 얘기를 하는 것을 듣게 된다. 여자는 기녀다. 내일이면 헤어지기 때문에, 여자는 불안하게 한숨을 짓고 있다. 다음 날, 남자는 바쇼에게 아무쪼록 여행길에 그녀와 동행해달라고 부탁했지만, 바쇼는 부처님의 자비가 반드시 여자에게 내릴 것이니 안심하고 돌아가라는 말을 남기고 이별했다고 한다.

계절어: 싸리와 달빛(가을)

장맛비 내려
두루미의 다리가
짧아졌느냐

五月雨に鶴の足みじかくなれり

장맛비로 물이 엄청나게 불었다. 당연히 물에 서 있던 두루미의 다리도 물속에 잠기어 짧게 보인다. 그것을 바쇼는 "다리가 짧아졌"다고 표현했다. 자연의 섭리에 순응하는 인간의 시각을 조류의 이미지를 불러와 풀어냈다.

계절어: 장맛비(여름)

뜨거운 해를

바다에 넣었구나

모가미(最上) 강물

暑き日を海にいれたり最上川

　이것은 '오쿠노 호소미치(奧の細道)'의 모가미 강에서 읊었
던 하이쿠다. 바쇼는 46세 때 3월부터 9월까지 자신의 문하
생 소라(曾良)를 데리고 동북 지방을 여행한다. 그때의 여행
기록이 유명한 《오쿠노 호소미치(奧の細道)》다. 이 여행은 후
에 평자들로부터 바쇼풍의 완성을 나타내는 것으로 높은 평
가를 받게 된다. 앞의 다섯 글자가 '뜨거운 태양'을 가리키는
것인지 아니면 '더운 하루'를 가리키는 것인지에 관해 의견이
분분하다. 작열하는 태양이 모가미 강 표면을 사정없이 비추
고 있다. 그 강물은 도도히 흘러 동해로 흘러 들어간다. 타는
듯한 한여름의 태양빛과 열, 그것을 띠고 흐르는 도도한 강의
흐름, 바쇼의 장대한 남성적 자연관을 엿볼 수 있는 작품이다.

계절어: 뜨거운 해(여름)

고요함이여
바위에 스며드는
매미의 소리

閑さや岩にしみ入蝉の聲

　매미 소리가 바위에 스며들 만큼 고요한 곳을 찾은 적이 있는가. 소리가 스며든다는 표현은 청각과 촉각이 어우러지는 공감각적 표현이다. 이렇게 되면 바위를 보면서 바위 사이에 스며들어 있는 소리를 듣는 것도 가능해진다. 이런 것이 바로 시의 깊은 맛을 자아내는 바쇼의 시적 능력이다. 이 시를 지은 곳은 릿샤쿠지(立石寺)라는 절이다. 현대인도 조용한 절을 찾았을 때 한 번쯤은 경험할 수 있지 않을까.

계절어: 매미(여름)

여행에 병드니
꿈에서 마른 벌판
헤매 다니네

旅に病んで夢は枯野をかけ廻る

여행 중에 병이 들어 눕게 되면, 그런 날 밤 꿈속에서는 여기저기 마른 벌판과 추운 벌판을 헤맬지도 모를 일이다. 오사카에서 갑작스레 병이 든 바쇼에게는 특별히 방랑의 고독감은 없었을지도 모른다. 바쇼의 생애 전체가 여행과 같은 것이었기 때문이다. 그러나 죽음을 눈앞에 둔 상황에서 그러한 유랑의 느낌이 평소보다는 좀 더 깊었을 것이라는 추측은 할 만하다. 비통한 마음이 움직이고 있고, 절박한 숨소리도 들려오는 듯하다. 이 하이쿠는 죽음을 며칠 앞두고 지은 것인데, 죽음을 직접적으로 다루고 있지는 않지만 나그네 바쇼의 마지막 작품에 무척이나 어울린다.

계절어: 마른 벌판(겨울)

들여다보니
냉이 꽃 피어 있는
울타리구나

よく見れば薺花さく垣ねかな

　생각하지도 않았지만 잘 들여다보니 울타리 밑에 귀엽고
예쁜 꽃이 피어 있다. 보통 냉이라고 하면 봄에 우리가 맛볼
수 있는 어떤 식물을 생각하겠지만, 여기에서는 냉이 꽃이 등
장했다. 냉이 꽃을 모르는 사람들은 이 구가 재미없게 느껴질
지도 모른다. 냉이 꽃이 아니더라도 울타리 밑에서 봄을 느낄
수 있는 꽃이라면 괜찮지 않을까. 냉이 꽃을 통해 미각과 시
각을 동시에 느낄 수 있다면 우리는 이미 바쇼의 세계 속에
어느 정도 빠져든 것이다.

계절어: 냉이 꽃(봄)

오랜 연못에
개구리 뛰어드는
물소리 '텀벙'

古池や蛙飛こむ水のをと

　아주 조용한, 인기척도 없는 오래된 연못가. 이미 봄도 깊어진 무렵의 어느 날, 개구리 한 마리가 물속에 뛰어들었다. 주위가 너무나도 조용하고 평온했던 만큼 한순간 정적이 깨졌지만 또한 정적의 상태로 되돌아간 것이다. 고요함이 시 전체를 지배하고 있다고 보는 것이 좋을 듯하다. 개구리와 관련하여 일본의 전통적인 시(詩) 형식인 와카(和歌)나 렌가(連歌)에 자주 등장하는 것은 울음소리다. 그에 반해 이 구는 물에 뛰어드는 개구리의 소리를 다루었다는 점에서 참신함이 돋보인다. 전통적인 서정을 버리고 개구리가 "텀벙" 물에 뛰어든 극히 비근한 장면을 소재로 다룬 이는 바쇼가 최초가 아닐까 싶다. 이 비근한 친밀감은 바로 하이카이(俳諧) 근본의 골계(滑稽)라고 할 수 있다. 게다가 이 골계에 대해서 "오랜 연못에"라는 다섯 글자를 배치했을 때, 골계는 침잠하고 내면화되어 한적고담(閑寂枯淡)의 풍취가 지배하게 된다. "오랜 연못"과 "텀벙" 소리는 서로가 미묘한 균형을 취하며 시정(詩情)을 깊게 한다. 이 작품은 일본의 하이쿠를 얘기할 때마다 소개될 만큼 유명하다.

계절어: 개구리(봄)

아빠 엄마가

자꾸자꾸 그리운

꿩 우는 소리

父母のしきりに戀し雉の聲

　바쇼의 아버지는 그가 어렸을 때 사망했다. 어머니는 그가
마흔 살 때 세상을 떴다. 그가 이 시를 쓴 것이 마흔다섯 살 때
임을 감안하면, 산속에서 만난 꿩 소리가 그 자신의 마음을 대
신 드러내준 것인지도 모른다. 부모를 모두 잃은 애절한 마음
때문에 그에게는 꿩의 울음소리가 남다르게 들렸을 법하다. 그
는 꿩의 소리를 부모를 생각하는 정에 결합시킴으로써 심리적
작용을 유발하고, 그래서 깊은 애절함이 느껴진다. 바쇼의 이
구는《만요슈(萬葉集)》(759)의 교키(行基)의 작품이라고 전해
지는 "산새 꾸룩꾸룩 우는 소리를 들으면 아버지인가 생각한
다 어머니인가 생각한다(山鳥のほろほろと鳴く聲きけば父かとぞ
思ふ母かとぞ思ふ)"라는 노래를 기초로 하고 있다고 고래의 여
러 주석들이 입을 모으고 있다. 유명한 중세 수필인 가모노 초
메이(鴨長明)의《호조키(方丈記)》(1212)에도 "산새 꾸룩꾸룩
우는 소리 들으면 아버지인가 어머니인가 착각이 든다"라는
구절이 있는데, 이것 또한《만요슈》의 영향으로 보인다. 바쇼
도《만요슈》의 이 구를 염두에 두고 노래를 지었을 것이다.

계절어: 꿩(봄)

선뜩선뜩한

벽을 밟아가면서

낮잠을 자네

ひやひやと壁をふまえて昼寐哉

　가을이 되었지만 아직은 덥고 나른하다. 이럴 때 누워서 약간은 선뜩선뜩해진 벽에 발바닥을 대고 낮잠을 자는 모습을 상상할 수 있다. 그러나 막상 잠들어버리면 선뜩선뜩한 느낌은 들지 않을 것이다. 좀 더 깊이 생각해보면 여기에서는 누워서 낮잠을 자는 형태로 무언가를 생각하는 모습이 떠오른다. 이 작품을 읽고 바쇼의 제자인 시코(支考, 1665~1731)가 '잔서(殘暑)의 마음이 있다'고 바쇼에게 답했다고 하는데, 상당 부분 긍정이 간다. 만일 이 구를 '선뜩선뜩한/ 벽을 밟아가면서/ 생각을 하네'라고 썼다면 하이쿠로서의 매력이 떨어졌을 것이다. 바쇼는 "낮잠을 자네"라고 표현했지만 실상은 생각에 잠겨 있는 모습을 담았을 것이다. 거기에 묘미가 있다. 무엇에 대해 생각했을지는 독자가 판단할 부분이다.

계절어: 선뜩선뜩(가을)

가을은 깊고
이웃은 무얼 하는
사람들일까

秋深き隣は何をする人ぞ

　사람이 병상에 들게 되면 옆집에 사는 사람이 누구인지 궁금해지는 것일까. 도대체 어떤 사람이 살고 있을까. 그런데 이 구를 액면 그대로 이웃 사람에 대한 호기심을 담고 있다고 읽어서는 곤란하다. 누구나 겪는 가을의 쓸쓸함 속에서 바쇼는 그 자신은 병상에 누워 있지만 이웃들은 어떻게 살고 있는지 궁금해하면서 비록 작은 인기척밖에는 들리지 않지만 이웃을 따뜻하게 부르고 있는 것이다. 바쁘게 살아가는 현대인에게 옆에 사는 사람들은 어떤 존재로 기억될까. 이 구를 읽으면 그들을 따뜻하게 부르고 싶은 충동이 인다.

계절어: 가을은 깊고(가을)

나그네라고
나를 불러보는
이른 겨울비

旅人と我名よばれん初しぐれ

  바쇼가 에도에 살고 있을 때는 사람들이 그의 이름을 불러
주었겠지만, 여행길에 나서게 되면 그는 한 사람의 나그네로
불릴 것이다. 이른 겨울비가 내리는 쓸쓸한 거리를 걸어갈 자
신의 모습을 상상하며 바쇼는 이렇게 읊었다. 길을 떠나기에
앞서 석별의 모임에서 지은 작품이라고 전해진다. 이 나그네
는 선배 시인인 일본의 사이교(西行, 1118~1190)나 중국의
두보(杜甫), 이백(李白)과 같은 사람들의 모습을 떠올리며 자
신도 그들과 같은 사람이라는 약간의 자랑스러움 같은 것도
느꼈을 법하다.

                          계절어: 이른 겨울비(겨울)

거친 바다여
사도(佐渡) 섬에 가로놓인
은하수

荒海や佐渡によこたふ天の川

　이 구는《오쿠노 호소미치》에 나오는 것으로 이즈모사키 (出雲崎)에서 쓴 작품이다. 사도 섬은 옛날부터 유배지로 알려진 곳이다. 슬픈 이야기가 서린 곳이라 그런지 거친 바다가 펼쳐진다. 거친 바다라고는 하나 이 무렵의 동해는 거칠지 않았다고 하는 설이 있다. 아무튼 그 바다에 아름다운 밤하늘을 상징하는 은하수가 흐른다. 은하수가 사도 섬에 걸칠 만큼 길었으면 하는 바람이 느껴진다. 평화로운 별들과 거친 바다가 어느 지점에서 만나는 듯하다. 결국 인간은 크나큰 자연 앞에 서면 작은 존재에 지나지 않는다. 그러나 자연을 대하는 인간의 상상력은 거친 바다를 하늘의 은하수로 이어주고 싶은 평화의 염원으로 가득하다.

계절어: 은하수(가을)

피안(彼岸) 벚나무

꽃이 피면 늘그막

생각이 나고

　姥桜 さくや老後の思ひ出
　うばざくら　　　　　　　いで

　피안 벚나무는 잎이 나기 전에 먼저 꽃이 피는 벚꽃을 총
칭한다. 이가 없는 노파에 비유하여 붙인 이름이라 전해진다.
우바자쿠라(うばざくら, 姥桜)는 그러한 의미를 갖는 말이다.
피안 벚나무가 꽃을 맺고 있기는 하지만 이름 그대로 노후의
추억에 피어 있는 게 아닌가 하고 되묻는 작품이다. 노(能)의
사장(詞章)에 가락을 붙여 부르는 요코쿠(謠曲)라는 것이 있
는데, 이 구는 요코쿠《사네모리(實盛)》의 "늘그막의 추억 이
것에 지나지 않겠지(老後の思出これに過ぎじ)"라는 문구를 염
두에 두고 지었다고 한다. 바쇼가 스물한 살 때 지은 것으로
그의 하이쿠 중에서 가장 오래된 것의 하나다.

계절어: 피안 벚나무(봄)

여름 잡초여

병사들 고함 소리

꿈의 자취가

夏草や兵共^{つはものども}が夢の跡

이 작품도 《오쿠노 호소미치》에 담긴 것으로, 전문(前文)을 보면, "선발로 뽑힌 의신(義臣)들만이 이 '다카다치(高館)'라는 성(城)에서 농성했으며, 그 혁혁한 공명도 그저 사라져버릴 한때의 일이며, 지금은 잡초 우거진 풀밭으로 변해버렸다"라고 되어 있다. 즉 용맹스러운 병사들의 치열한 전쟁과 영화도 시간의 흐름 속에서는 일장춘몽이며, 모든 것은 유전(流轉)하며, 그 자리에는 그것을 말해주는 여름 잡초만이 우거져 있다는 뜻이다. 공간에서 헤아리는 바쇼의 시간 성찰이 깊이를 더해준다.

계절어: 여름 잡초(여름)

매화 향기에
아침 해 불쑥 솟는
산길이로다

むめがゝにのっと日の出る山路かな

이른 봄의 아침, 산길을 걷는다. 약간의 한기가 산길에 남아 있다. 그러나 이미 봄기운이 산을 에워싸고 있다. 매화 향기도 은은하게 풍긴다. 이때 동쪽 하늘의 엷은 구름을 헤치고 붉은 해가 불쑥 솟아오른다. 이 해는 동쪽 지평선에서 솟아오른 갓 태어난 해다. 바쇼는 이런 장엄하고 엄숙한 일출의 순간에 존재하는 자신의 모습을 봄의 상징물인 매화와 공존시키고 있는 것이다.

계절어: 매화 향기(봄)

꽃구름 속에
종소리는 우에노(上野)인가
아사쿠사(淺草)인가
花の雲鐘は上野か淺草歟
　うへの　　あさくさか

　따뜻한 봄날의 한때, 바쇼가 살았던 암자에서 바라보면 벚
꽃이 우에노, 야나카(谷中), 아사쿠사 주위에 걸쳐서 구름처
럼 너울거리며 피어 있는데, 때마침 들려오는 종소리가 우에
노에서 들려오는 것인지 아사쿠사에서 들려오는 것인지 분
명치 않다는 것을 뜻한다. 바쇼가 우에노와 아사쿠사 근처 어
느 사찰에서 종소리를 듣고 있는 것은 분명해 보인다. 에도의
봄다운 태평스러운 기분이 넘치는 구다.

계절어: 꽃구름(봄)

무덤도 움직여라

내가 우는 소리는

가을의 바람

塚もうごけ我泣こゑは秋の風

이 시도 《오쿠노 호소미치》에 실려 있다. 바쇼는 얼마나 가슴 아픈 일을 당했기에 자신의 울음을 싣고 가는 가을바람에게 "무덤도 움직여라"라고 강하게 명령하고 있는 것일까. 자신의 통곡에 감응하여 무덤도 같이 울며 대답하라는 것 아닌가. 자신의 애절한 정에서 우러나오는 통곡 소리는 곧 비통한 울림을 동반하며 울려 퍼지는 가을바람인 것이다. 누가 죽었을까. 기록에 따르면, 바쇼가 가나자와(金澤)에 도착했을 때 그곳의 하이쿠 시인인 잇쇼(一笑)라는 사람이 36세라는 젊은 나이로 죽자 그의 형이 추모의 시 짓기 행사를 열었다고 한다. 이 시는 그때 남긴 작품이다.

계절어: 가을의 바람(가을)

따가운 햇살은

아무런 변함 없이

가을의 바람

あかあかと日は難面^{つれなく}も秋の風

　첫 구절을 "따가운 햇살은"이라고 번역했지만, 이 말의 원문은 아카아카토(あかあかと)다. 아카아카(あかあか)는 적적(赤赤)과 명명(明明)이라는 두 한자를 모두 일본어로 아카아카라고 읽을 수 있기 때문에 두 가지 설명이 다 가능하다. 그러나 단순히 밝다는 의미는 아니다. 뉘엿뉘엇 넘어가는 저녁 해의 강렬한 붉은색을 의미하는 게 아니라면 이 시의 의미는 크게 전달되지 않는다. 저녁 해의 강렬함은 여름보다도 가을에 더하지 않을까. "아무런 변함 없이"라는 것은 '무정하게'라는 뜻으로 다가온다. 그 강한 가을 햇살을 받으며 걸어가는 바쇼의 모습이 떠오른다. 그 속을 가을바람이 스쳐 지나간다. 방랑의 길을 가는 나그네의 모습을 읊은 것이다.

계절어: 가을의 바람(가을)

겨울날이여

말 위에 얼어붙은

그림자

冬の日や馬上に氷る影法師

이 시의 전문(前文)은 "논 사이에 좁은 길이 있고, 바다에서 불어오는 바람으로 몹시 추운 곳이다(田の中に細道ありて海より吹き上る風いと寒き所也)"라고 되어 있다. 바람이 매서운 어느 겨울날, 말 위에서 유랑을 하는 바쇼의 모습을 상상해보라. 이 시를 두고 바쇼의 시선이 말을 향해 있다고 할 수도 있고, 자신의 그림자를 향해 있다고 할 수도 있을 것이다. 그러나 이것들은 실제로 중요한 문제가 아닐 수도 있다. 바쇼가 방랑의 시간을 보내고 있는 자신의 모습을 그림자를 통해 살피고 있다는 것은 분명해 보인다. 그림자는 자신의 모습을 담고 있는 것이다. 자신의 투영은 곧 자기 성찰을 의미한다.

계절어: 겨울날(겨울)

가는 봄이여

새는 울고 물고기

눈에는 눈물

行はるや鳥啼うをの目は泪
（ゆく　　とりなき　　　なみだ）

우리는 살아가면서 누구나 헤어짐을 경험한다. 사랑하는
사람과도 헤어지게 되어 있다. 바쇼는 이 시를 통해 봄이 다
해갈 무렵 제자들과 헤어지는 아쉬움을 토로했다. 봄도 지나
갈 무렵, 그 아쉬움을 참기 어려워 새는 울고 물고기의 눈에
는 눈물이 흥건하다. 그것은 바로 바쇼 일행의 이별을 슬퍼하
는 모습이기도 하다. 그러한 석별의 슬픔을 나타내고자 허공
의 새와 물속의 어류를 빌려왔다. 봄날의 이별은 왠지 더 가
슴 아프다.

계절어: 가는 봄(봄)

삭은 치아에

어쩌다가 씹힌다

김 속의 모래

おとろひ
衰 や歯に喰あてし海苔の砂

김을 먹다가 작은 모래알을 씹은 경험이 있는가. 아마 젊은 사람은 아랑곳하지 않고 그냥 먹을 것이다. 그런 것에 민감해진다면 이미 나이를 먹었다는 뜻으로 받아들여도 무방할 것이다. 바쇼는 바로 그것을 느끼고 있다. 쓸쓸하지만 어쩔 수 없다. 바쇼의 치아도 삭은 치아로 변해버렸다. 그의 만년의 작품이기 때문일까. 이 시는 독자들의 가슴을 더 날카롭게 파고든다.

계절어: 김(봄)

우울한 나를
더 쓸쓸하게 하라
뻐꾸기여
うき我をさびしがらせよかんこどり

일본 중고(中古) 시대의 유명한 가인 중에 여행으로 생애를 보낸 사이교라는 사람이 있다. 그의 작품에 혼자 사는 즐거움과 쓸쓸함을 사랑하는 심경으로 읊은 "산골 마을은 쓸쓸함이 없다면 살기 괴로울 것이다"라는 시가 있다. 이 구는 사이교의 영향을 받은 작품으로, 극단의 쓸쓸함을 추구하고 있다. 이 극단의 쓸쓸함을 즐길 수 있는 곳은 어디일까. 바쇼의 경우는 뻐꾸기가 있는 곳이어야 할까. 그렇게도 볼 수 있지만 이 작품에서는 장소의 의미가 강조되기보다는 뻐꾸기의 연속적인 울음소리와 바쇼의 심정이 서로 맞물려 있다고 보는 게 합당할 것이다.

계절어: 뻐꾸기(여름)

장마 빗줄기
남기고 뿌렸는가
히카리도오(光堂)

五月雨のふり残してや光堂
<ruby>光堂<rt>ひかりだう</rt></ruby>

히카리도오는 1109년에 건립된 건물로 사면에 금박(金箔)을 붙인, 아름다움의 극치를 보여주는 건축물이다. 건물을 보호하기 위하여 전부 덮어씌우듯 지은 곳이다. 장맛비는 모든 사물을 적시며 그들의 모습을 다 드러낸다. 그런데 장맛비는 이 히카리도오만은 적시지 않고 지나간 것일까. 바쇼는 히카리도오가 찬연하게 500여 년의 빛을 간직하고 있다고 표현하고 싶었을 것이다. 이 시를 지은 것이 1689년이었으니 이때 이미 히카리도오는 500년도 더 된 건물이었던 것이다. 이 시를 짓는 날 과연 비가 왔을까 하는 의구심도 든다. 그러나 히카리도오를 고유명사로 보지 않고 '빛나는 집(光堂)'이라고 표현함으로써 아무리 비가 와도 빛이 나는 집이 곧 히카리도오라고 말하고 싶었던 바쇼의 시적 기교를 느끼는 것이 더 좋을 성싶다.

계절어: 장마 빗줄기(여름)

이 길이여

행인 없이 저무는

가을의 저녁

<ruby>此<rt>このみち</rt>道</ruby>や<ruby>行人<rt>ゆくひと</rt></ruby>なしに<ruby>穐<rt>あき</rt></ruby>の<ruby>暮<rt></rt></ruby>

"이 길이여"에서 '이 길'은 바쇼 자신이 걷고 있는 길이다. 걷고 있는 자신 이외에는 아무도 보아주는 사람이 없다. 그리고 가을의 일몰이 주위를 붉게 물들이고 있다. 그러한 의미이지만, 일설에 '이 길'이란 바쇼의 하이카이(俳諧)의 길이라는 이야기도 있다. 당시 바쇼가 추구하던 하이쿠의 경향인 가루미(軽み: 제재를 평범하고 비근한 사물 가운데서 구하여 그 속에서 하이쿠의 멋을 찾으려는 것을 말한다)가 제자들에게 이해를 받지 못했기 때문에, 하이쿠 시인으로서 그의 마음은 상당히 고독했을 것이다. "이 길이여 행인 없이"를 바쇼의 고독한 마음을 읊은 것으로 해석할 수도 있겠지만, 그저 가을 저녁 길을 걷는 바쇼의 마음이 담백하게 담긴 것으로 보는 것은 어떨까.

계절어: 가을 저녁(가을)

거룩하구나

녹음과 신록 위에

빛나는 햇빛

あらたうと青葉若葉の日の光

이 구는 바쇼가 닛코 산(日光山)을 방문하여 도쇼 궁(東照宮)을 보고 그 장엄함을 읊은 것이다. 도쇼 궁은 에도 막부(江戶幕府)를 연 도쿠가와 이에야스(德川家康)의 제사를 지내는 곳으로, 건축이 정교하고 화려한 곳으로 알려져 있다. "녹음과 신록 위에 빛나는 햇빛"이라는 표현은 짙은 빛과 옅은 빛의 녹색 잎 모두에 쏟아지는 햇빛을 묘사하고 있다. 농담(濃淡)의 대비를 부각시키려는 바쇼의 의도가 나타난다. "빛나는 햇빛"은 해가 비치고 있음을 뜻하기도 하지만 닛코 도쇼 궁을 뜻하기도 한다. 즉 도쇼 궁의 위광과 은혜가 온 천하에 빛나고, 이 빛을 받은 사람들은 모두 평화롭고 행복한 생활을 했으면 하는 바람이 느껴진다.

계절어: 녹음과 신록(여름)

추석 달이여
연못을 맴돌면서
밤을 지새운다

名月や池をめぐりて夜もすがら

　정말 바쇼는 추석 달이 너무도 아름다워 하룻밤 내내 못을 맴돌면서 밤을 지새웠을까. 기록에 따르면 바쇼가 실제로 하룻밤 내내 연못가를 돈 것이 아니라 단지 이 보름달에 대해서 이렇게까지 표현하고 싶은 마음을 갖고 있었던 것이라고 한다. 이 구가 이루어진 곳으로 그의 제자들이 우르르 몰려와 '오늘은 뱃놀이할 준비를 했으니 같이 가시죠' 하면서 바쇼를 스미다(隅田) 강으로 데리고 갔고, 거기서 바쇼는 뱃놀이도 하고 술도 마시고 보름달도 감상하면서 이 구를 지었다고 한다. 그러나 사람들이 놀다 돌아간 후, 고독한 인간으로 돌아온 바쇼가 이런저런 생각을 하면서 달빛 아래를 배회하는 모습을 상상해보는 것도 좋지 않을까.

계절어: 추석 달(가을)

무슨 나무의
꽃인 줄 모르지만
향기롭구나
何の木の花とはしらず匂哉

꽃에서 향기가 날 때 사람들은 꽃의 이름을 알고 싶어 한
다. 그러나 신사(神社)의 경내에서는 꽃 이름보다는 은은하게
풍기는 꽃 냄새로 인해 더 신성한 느낌과 고마운 마음이 생길
지도 모른다. 세상에 드러난 이름도 중요하긴 하지만 그보다
는 사물들의 내면에서 풍기는 향기에 관심을 가지는 바쇼의
심미안이 탁월하다.

계절어: 꽃(봄)

밝은 달이여

북쪽 지역 (北國) 날씨는

알 수가 없네

名月や北國日和定なき
<small>ほくこくびよりさだめ</small>

이 시는 바쇼가 쓰루가(敦賀)에 머물렀을 때 창작된 작품으로 전해진다. 북쪽 지역의 날씨가 그다지 좋지 않았음을 나타내는 대목에는 바쇼의 안타까움이 배어 있다. 바쇼는 후쿠이(福井)를 떠날 때, "밝은 달은 쓰루가 항구에" 하며 기대를 하고 있었다. 즉 어젯밤에는 날씨가 맑아 밝은 달이 떴었는데, 오늘 밤에는 하루 차이로 비가 내려 낙담을 하게 되었다는 뜻이다. 비록 바쇼의 원망이 직접적인 표현으로 나타나지는 않았지만 기교가 돋보인다. 북쪽 지역이란 일본의 북부에 속하는 쓰루가 지역을 일컫는다.

계절어: 밝은 달(가을)

가라사키 (辛崎)의

소나무는 꽃보다

어스름하네

辛崎の松は花より朧にて

　　　　　おぼろ

3월 초 무렵, 바쇼는 교토(京都)에서 오쓰(大津)로 발길을 옮긴다. 이 작품은 오쓰의 본복사(本福寺) 별원(別院)에서 호수를 멀리서 바라보며 읊은 구로 전해진다. 밤의 호수를 바라보면 모든 것이 어스름한데, 가라사키의 한 그루 소나무는 엷은 검은빛으로 보인다. 그 모습이 주위의 꽃보다 더 정취 있게 느껴진다고 바쇼는 쓰고 있다. 가라사키는 오오에(近江) 팔경의 하나인 '가라사키의 밤비'로 유명한 선착장이다. 마지막의 여운을 남기는 표현 "어스름하네"는 계절감을 좀 더 살린 듯하다. "꽃보다"라는 말에서 당연히 이 근처에 벚꽃이 피어 있었을 것이라는 추측을 해볼 수 있겠으나, 그것은 이 시에서 그다지 중요한 부분이 아니다. 푸른 소나무의 아름다움을 발견한 것은 바쇼의 깊은 심미안에서 나온 것이다.

계절어: 어스름하네(봄)

명월이구나
문에 밀려오는
밀물의 물마루

明月や門にさし來ル潮がしら

이 작품에 대해서 일본 근대 문학을 대표하는 작가 중의 한
사람인 고다 로한(幸田露伴)은 다음과 같은 감상을 전하고 있
다. "평소에는 문에 미치지 못하는 밀물이 이때는 넘치도록
문으로 다가온다. 하늘에는 둥근 달이 있고, 문에는 밀물이
넘친다. 이 시에는 활동이 있다. 참으로 아름다운 시다……도
쿄 만의 밀물은 가을밤에는 7척이나 되는 높이로 부풀어 오
른다(ふだんは間に及ばぬ潮が、この時はまんまんと間にさしくる
のだ。空には満々たる月があり、間には潮がみなぎって來る。句に
活動がある。堂々たる佳句ごある。(中略) 東京灣の潮は秋夜には
七尺ふれる)." 문으로 다가오는 명월과 물마루는 각각 하늘과
바다에 존재하는 이름이다. 물마루는 밀물의 가장 앞쪽을 가
리키는 말이다. 달이 가장 밝을 때 물마루가 사람이 생활하는
문을 향해 다가온다고 표현하는 바쇼의 자연의 섭리에 대한
감각은 놀랍다. 하늘, 육지, 바다의 세 공간이 조화를 이루어
내도록 표현한 것은 어지간한 언어 감각으로는 불가능할 것
이다.

계절어: 명월(가을)

달이 밝아라

유교(遊行) 고승 지고 온

모래 위

月淸し遊行のもてる砂の上

　이것은 바쇼가 쓰루가에 들렀을 때 창작한 작품이다. 맑은
날 둥근 달이 모래를 비추면 어떨까. 모래를 갖고 온 주체를
유교 고승이라고 표현함으로써 모래에 대해 신성함을 느끼
게 한다. 유교란 도를 찾아 순례를 하는 것을 말한다. 바쇼는
이곳 기히(氣比)의 신전에 도착하여 야간 참배를 한다. 옛날
유교종(遊行宗)의 제2대 고승인 다아쇼닌(他阿上人)은 신사
참배하는 사람들이 고생하는 것을 보고 스스로 모래를 지고
날라 그들의 고생을 덜어주었다고 전해진다.

계절어: 달(가을)

나비의 날개

몇 번이나 넘는가

담장의 지붕

蝶の羽の幾度越る塀のやね

나비는 자유롭게 유람할 수 있는 존재다. 아무런 목적도 없이 그냥 정처 없이 떠도는 존재일 뿐이다. 사람들은 담장의 지붕을 자유롭게 넘나들 수 있는 존재가 아니다. 더구나 날개도 없지 않은가. 이 작품에는 방랑 생활을 하는 자신이 나비처럼 자유롭게 인간의 삶을 관찰할 수 있는 존재가 되었으면 하는 바쇼의 희망이 담긴 듯하다.

계절어: 나비(봄)

파란 버들가지

진흙에 드리워진

썰물일까나

あをやな　どろ　　　しほひ
青柳の泥にしだる〻鹽干かな

　이 작품의 전서(前書)에는 '중삼(重三)'이라고 쓰여 있다. '중삼'이란 삼(三) 자가 둘이 겹친다는 의미로, 3월 3일을 가리키는 말이다. 이날은 간조가 큰 날이라고 한다. 간조란 하루에 두 번 일어나는, 조수가 빠져 수면이 가장 낮아진 상태를 말한다. 바쇼는 썰물이 되어, 평소에는 늘어진 파란 버들가지가 진흙에 닿아 있는 상태를 발견한 것이다. 그는 만조와 간조일 때의 바다 모습을 각각 파란 버드나무를 통해 제시하고 있다.

계절어: 파란 버들가지(봄)

오두막집도

주인이 바뀌는 때

히나 인형 집

草の戸も住替る代ぞひなの家

　이 작품은 바쇼가 오쿠노 호소미치로 여행을 떠나기 직전에 쓴 것이라고 한다. "오두막집"이란 바쇼 자신이 살고 있는 초암(草庵)을 가리킨다. 일본인들은 음력 3월 3일에 여자 아이들의 축제인 히나마쓰리(축제)를 한다. 이날 여자 아이의 건강을 위해 인형을 장식하고 기원을 하는데, 이때 장식하는 인형이 히나 인형이다. "히나 인형 집"이란 이 인형을 장식하고 이날을 축하하는 집이라는 의미다. 지금까지는 은자인 바쇼 자신이 살고 있었지만 이제부터는 새로운 주인이 와서 아내도 딸도 있는 그런 집이 되었으면 하는 바람이 담긴 것으로 보는 게 좋다. 여행을 앞둔 바쇼는 자신에게 펼쳐질 미지의 세계도 계절의 추이와 함께 전개되는 것으로 여기고 싶었을 것이다.

계절어: 히나 인형(봄)

고마워라

눈(雪)의 향기 감도는

미나미다니(南谷)

有難や雪をかほらす南谷

미나미다니는 데와(出羽)에 있는 하구로 산(羽黑山) 미나미다니를 가리킨다. 바쇼는 이곳의 절에 머물렀다고 한다. 3월이면 이곳 미나미다니는 이미 눈이 없는 곳이다. 이 구에는 눈 덮인 산을 그리워하는 바쇼의 마음과 함께, 계곡에서 훈풍이 불어오니 이 산이 참으로 고마운 산이라는 의미가 담겨 있다. 바쇼는 그 훈풍 사이로 이미 없어져버린 눈의 향기를 맡고 있는 것이다. 계절의 추이를 생각하며 지나간 삶을 돌이켜 보고자 하는 것일까.

계절어: 눈의 향기(봄)

서늘함이여
초승달이 떠 있는
하구로 산
涼しさやほの三(み)か月(づき)の羽黒山

　이 작품 역시 마지막에 언급된 "하구로 산"에서 짐작할 수
있듯이 데와에 머물 때 쓴 것이다. 거뭇거뭇한 하구로 산 위
에 초승달이 희미하게 떠 있는 경치는 서늘함을 풍긴다. 이곳
의 경관을 완상(玩賞)하는 작품이라고 볼 수 있다. 산속에서
울창한 나무들 사이로 어렴풋이 보이는 초승달을 보았을 때
서늘함을 느끼는 바쇼의 독특한 감각이 우리에게 서늘함을
가져다준다.

계절어: 서늘함(여름)

논에

모 심고 떠나가는

버드나무로다

田一枚うへてたちさる柳かな

일본 중고 시대의 승려 시인 사이교가 "길가의 맑은 물이 흐르는 버드나무 그늘 잠깐이지만 머물러 쉬었노라"라고 읊은 적이 있다. 바쇼도 사이교가 쉬었던 그곳에 앉아 쉬면서 감개무량해진 듯하다. 하지만 어느새 모내기가 끝나가고 있다. 바쇼가 모내기 작업을 바라보고 있다가 문득 자신이 그곳에 오래 머물렀음을 깨닫고 자리를 박차고 일어나 길을 떠난다는 의미로 받아들이는 것이 좋을 듯하다.

그러나 또 다른 해석도 가능하다. 논에 모를 심고 떠나가는 주체를 버드나무로 볼 때, 이 버드나무는 마치 모를 심는 사람처럼 보이는 것이다. 바쇼는 일정한 거리를 두고 이 버드나무를 관찰했을 것이라는 가정을 해볼 수 있다. 버드나무를 주체로 하여 시를 꾸린 바쇼의 또 다른 시적 재능을 느낄 수 있는 작품이다.

계절어: 모 심고(여름)

두견새 날고
큰 대숲 담아내는
달빛이어라

ほととぎす大竹藪をもる月夜

이 작품은 바쇼가 사가(嵯峨)에 머물렀을 때 창작한 것이
다. 사가에는 대숲이 많다고 한다. 그가 묵었던 곳 일대가 대
숲이었다. 어린 대나무 잎이 돋아나는 때가 있다. 그 계절이
조금 지났을 무렵에 잎 사이로 싱싱한 초여름 달빛이 비치는
광경을 바쇼가 놓치지 않은 듯하다. 이 시를 쓰기 전날에 계
속 비가 내렸다는 기록이 있는 것으로 보아 비를 머금은 혹은
비가 씻어낸 대나무 잎은 그 어느 때보다 싱싱하고 아름다웠
을 것이다. 그 위를 한 마리 두견새가 울고 지나갔다. 대나무
숲과 달빛이라는 한시(漢詩)의 세계 같은 면과 날카롭고 새
된 소리를 내는 두견새의 움직임이 서로 교묘하게 조화를 이
루는 작품이다.

계절어: 두견새(여름)

논이랑 보리랑

그 속에도 여름의

두견새 있네

田や麥や中にも夏のほとゝぎす

　두견새는 하늘이라는 공간에 존재하는 조류다. 시인 바쇼
는 왜 새의 울음소리를 논이나 보리밭에서 들으려 하는 것일
까. 시인의 섬세함은 논과 보리밭 속을 탐지하는 미묘한 청각
기능에서도 느껴진다. 이 시는 바쇼의 눈앞에 펼쳐진 경치가
두견새 소리로 가득하다는 뜻을 담고 있지만, 성장의 의미를
지닌 논이나 보리밭에서 커가는 생명들의 씨앗이 두견새 소
리를 듣고 있다는 것은 가슴 뭉클하지 않을 수 없다.

계절어: 논이랑 보리(여름)

말해선 안 되는

유도노(湯殿)에 적시는

옷소매여라

語られぬ湯殿にぬらす袂^{たもと}かな

이 시에 나오는 유도노는 유도노 산(湯殿山)을 가리키며,
하구로 산과 함께 데와에 소재한다. 하구로 산, 쓰키 산과 함
께 데와 삼산(三山)의 하나로 꼽힌다. 이 유도노 산 속에서 벌
어진 일에 대해서는 다른 사람에게 말해서는 안 된다고 한다.
부모 자식 간이나 부부 간에도 말하면 안 된다고 전해진다.
그래서 바쇼는 그 감동을 말로 직접 전하지는 못하고 자신의
눈물이 적시는 소매를 통해 드러내고 있다.

계절어: 유도노(여름)

오징어 장수
목소리 헷갈리는
두견새 울음

烏賊賣の聲まぎらはし杜字
<small>いかうり</small>　　　　　　　　<small>ほととぎす</small>

　이 시를 통해 지금의 도쿄인 당시의 에도 시내의 한 풍경을
엿볼 수 있다. 거리를 걸으며 오징어를 사라고 목소리를 내는
장사꾼. 그 목소리에 뒤섞여 두견새가 울고 있다. 어느 목소
리가 큰지는 그리 중요해 보이지 않는다. 당시를 살아가는 서
민들의 냄새가 이 시를 통해 풍기는 듯해 정감이 간다. 시인
바쇼는 서민들의 생활과도 밀착해 있었다.

계절어: 두견새(여름)

오동나무에

메추라기가 우는

담장의 안쪽

桐の木にうづら鳴なる塀の內

높이 솟아오른 오동나무가 있다. 긴 담에 둘러싸인 저택 안에서 메추라기가 우는 모습은 가난한 서민들의 모습과는 또 다른 이미지를 전해준다. 그것은 시골 부잣집에 어울리는 풍경이다. 시골 부잣집을 연상한 것은 오동나무와 메추라기 때문이다. 담장 안에 있는 두 존재는 오동나무로 상징되는 높이의 개념과 메추라기로 상징되는 거리의 개념을 담고 있다. 새소리가 담장 밖으로 들려올 만큼 담장 안쪽은 꽤 넓은 곳이었을 것이다. 《하이카이 고킨쇼(俳諧古今抄)》의 "전장(田莊)의 주가(酒家)라는 제목이 있어 옛날의 그 부귀(富貴)를 생각했던 것 같다(田莊の酒家といふ題ありて、こなたよりその富貴を思ひやりたる樣なりとぞ)"라는 구절은 이 시를 이해하는 데 참고할 만하다.

계절어: 메추라기(가을)

국화 진 다음

무보다 더 나은 것

또 있을까나

菊の後大根の外更になし
<small>のちだいこん　ほか</small>

　국화는 가을에 피는 꽃으로, 겨울이 오기 전에 피는 마지막 꽃이다. 그런 국화가 이미 시들어버렸다. 이 국화가 지고 나면 볼 꽃이 없지만 그래도 무가 있어서 그 풍미나마 느낄 수 있다는 뜻이다. 고아한 국화의 이미지와 무의 평속미(平俗美)가 대비되고 있다. 이 양자의 대비는 대립이 아니라 보완의 기능을 한다. 바쇼가 국화와 같은 비중으로 무를 등장시킨 것은 국화에 비해 하찮것없는 것으로 취급받기 쉬운 무에 대한 중요성을 제시해주기 위해서가 아닐까. 방랑 시인의 눈에는 무가 겨울을 견딜 수 있는 음식으로 비쳤을지도 모른다.

계절어: 국화(가을)

종소리 사라져

꽃향기 울려 퍼지는

저녁이로세

鐘消て花の香は撞夕哉

꽃향기에 종소리가 남아 있을까. 아니면 종소리에 꽃향기가 스며 있었을까. 어느 쪽이든 상관없다. 꽃향기라는 후각과 종소리라는 청각의 조화가 이 작품의 매력이다. 종소리와 꽃향기가 공존하는 형상에서 종소리가 사라져도 우리의 후각을 자극하는 벚꽃의 냄새가 더 향기롭게 다가오는 것은 저녁이라는 시간적 배경 때문일 것이다. "종이 울려서/ 꽃향기 사라지는/ 저녁이로세"라고 표현해야 할 것을 거꾸로 표현했다고 볼 수 있다. 바쇼는 한시에서 볼 수 있는 기법을 하이쿠에서도 활용하고 있다.

계절어: 꽃향기(봄)

與 謝 蕪 村

요사 부손

봉래산 가서
축제나 한번 하세
늘그막의 새해에

蓬莱の山まつりせん老の春

　여기서 마지막 다섯 글자 "오이노하루(老の春)"는 '나이 들어 맞이한 새해'라는 뜻이지 봄이라는 계절을 뜻하는 것이 아니다. 하이쿠에서는 오이노하루가 흔히 이런 식으로 사용된다. 부손은 하이쿠 작가이자 화가이기 때문에 봉래산 축제를 종종 그림의 제재로도 사용한다. 봉래산은 일본의 도카이(東海) 쪽에 있다고 전해지는 공상의 산으로, 구름 속에 누각이 연속해 있고, 불로불사(不老不死)의 신선이 사는 곳이라고 한다. 나이가 들어 맞이하는 새해이기에 그 산에 가서 축제를 해보고 싶은 희망을 담은 것이다. 보통의 하이쿠 작가들은 생각해내기 어려운 구상의, 무척이나 문인 화가다운 작품이며, 새해를 맞이하는 기쁨도 충분히 표현하고 있다. 부손의 많은 작품 중에서 우수작으로 추천할 만하다.

계절어: 늘그막의 새해(봄)

세 그릇 되는

떡국이 돌아오네

가장의 모습

三椀の雜煮かゆるや長者ぶり

역시 새해를 맞이하는 기분을 잘 표현한 작품이다. 원문의
'장자(長者)'는 통상 '돈이 많은 부자'의 의미로 사용되지만
이 경우에는 '한 집안을 대표하는 사람'이라는 뜻으로 쓰였
다. 자리에 나란히 놓여 있는 떡국 그릇도 집안 몇 대째 내려
오는 훌륭한 것이라고 상상된다. 새해를 맞이하는 풍습을 잘
나타낸 작품으로 일반인들에게도 잘 알려져 있다.

계절어: 떡국(봄)

후지 산 보며
지나는 사람 있네
연말 대목장

不二を見て通る人有年の市

에도의 연말 대목장은 무척이나 떠들썩하다. 그런 세모의 연말 대목장에서 후지 산이 한층 더 또렷하게 떠오른다. 사람들 붐비는 대목장에서 굳이 물건을 사지 않더라도 저녁나절의 후지 산을 바라보며 그곳을 지나는 이들이 있을 것이다. 그 당시 에도의 가을과 겨울의 공기는 맑았을 것인데, 지는 해를 배경으로 한 후지 산의 모습이 에도에서 몇 안 되는 절경이었음을 상상하는 것은 그리 어렵지 않다. 가쓰시카 호쿠사이(葛飾北齋)라는 화가의 풍경화도 그것을 말해준다. 이 구에 비친 후지의 모습은 작가의 고고한 큰 뜻을 상상하는 것 같기도 하다.

계절어: 연말 대목장(겨울)

두 그루로세
매화야 지속(遲速)을
사랑하누나

二もとの梅に遲速を愛す哉

　이 작품을 일본어로 읽으면 "지속(遲速, ちぞく)"만 음독하
고 나머지 한자는 훈독한다. 이것은 하이쿠에서는 종종 있는
경우인데, 그 때문에 어감(표현)이 힘차고 간결해지며 작품이
재미있어진다. 이 작품도 그런 예에 속한다. 이 구의 앞에 '초
암(草菴)'이라는 글자가 붙어 있는데, 이것은 부손 자신이 살
고 있는 암자라는 뜻이다. 菴(암)은 암자라는 뜻의 庵(암)과 같
은 의미로 받아들여도 좋다. 보통은 홍매화와 백매화가 피는
시기를 달리하며 아름다운 자태를 드러내지만, 이 작품은 백
매화를 대상으로 한 듯하다. 여기에 홍매화가 덧붙여진다면
너무 아름다워져 이 소박한 표현이 어울리지 않을지도 모른
다. 부손은 두 그루 백매화가 피는 시기를 달리하며 피는 것
을 사랑하고 있는 것이다.

계절어: 매화(봄)

스님 제사의

종이 울리는구나

골의 얼음마저

御忌の鍾ひびくや谷の氷まで
ぎょき

　　　이 작품에서 "스님 제사"는 호넨(法然, 1133~1212) 스님의
제사를 말한다. 호넨 스님은 일본 정토종을 창시한 인물이다.
이 제사는 옛날에는 1월 18일부터 7일간 행해졌지만, 지금
은 4월 18일부터 7일간으로 변경되었다고 한다. 호넨 스님의
제사는 그가 입적한 곳이 교토의 치온인 산(知恩院山)에 있
는 절이기에 주로 그곳에서 이루어지지만, 그 밖의 절에서도
행해진다. 이 구는 부손이 60세 때 지은 것이다. 그가 이 무렵
치온인 산을 찾았다는 기록이 없는 것으로 보아, 이 작품에
나오는 절은 아마도 다른 절인 것 같다. 아무튼 그 절에서 울
리는 종소리가 아직도 차갑게 얼어 있는 골짜기에까지 울리
고 있다. 그 골짜기 주변에 사는 사람들이 일손을 멈추고 그
소리에 몰입하는 모습이 떠오른다. 부손의 깊은 신앙심이 느
껴지는 작품이다.

계절어: 스님 제사(봄)

긴 봄 햇살에
꿩이 내려앉았다
다리 위에

遲キ日や雉子の下りゐる橋の上

산길에 계곡이 있고, 거기에 다리가 놓여 있다. 그런데 뜻
밖에 그 다리 위에 꿩이 앉아 있는 것을 본다. 이미 해는 서쪽
으로 기울고 계곡의 일부도 어둑어둑해졌을 테지만, 다리 위
에는 해가 남아 있어 꿩의 날개가 무척 선명하게 보였을 법하
다. 있는 그대로의 모습을 읊은 것이라 그런지 아름답기도 하
고 깊은 정취도 느껴진다.

계절어: 긴 봄 햇살(봄)

봄날의 바다
하루 종일 쉼 없이
출렁거리네

春の海終日のたりのたり哉

해변에서 노닐며 하루 종일 바다를 바라보고 있으면 바람다운 바람도 불지 않고 바다는 조용한 파도만을 일으킨다. 그것은 파도라고 할 만큼 커다란 물결이 아니다. 천천히 물가를 향해 다가와서는 거품을 일으키고 이내 무너지고 만다. 난바다 쪽은 물론 안개에 싸여 있고, 물가에 가까운 쪽에도 안개가 깔려 있을지 모른다. 아무튼 하루 종일 이런 상태가 되풀이되는 것은 다른 계절의 바다에는 없는, 봄 바다 특유의 현상이다. 부손은 이런 봄 바다를 보았을 것이다. 이 작품은 첫째, 봄 바다다운 느낌을 표현했다는 점, 둘째, 이해하기 쉽다는 점, 셋째, 상당히 유유자적하다는 점, 넷째, 왠지 꾸며낸 듯한 인상도 느껴진다는 점에서 많은 사람들에게 잘 알려져 있다.

계절어: 봄 바다(봄)

고려의 배가

그냥 지나쳐 가는

봄 안개로세

高麗船^{こまぶね}のよらで過行霞哉^{すぎゆくかすみ}

　난바다 쪽에는 짙은 봄 안개가 드리워져 있다. 그 안개 속
에서 배의 그림자가 나타나더니 이윽고 점점 다가온다. 그것
은 아름답게 채색된 고려선 같다. 항구로 들어오는가 싶더니
어느 사이엔가 멀어져가고 또 원래의 안개 속으로 사라져버
린다. 장대하고 호화로운 백주몽(白晝夢)이다. 이 구는 봄 바
다의 무한감(無限感)을 배경으로, 다가서지 않고 그냥 지나가
버리는 이국선(異國船)을 대상으로 현실에서는 어찌할 도리
가 없는 인간의 비원과 애수를 가탁한 작품이다. 시간적으로
는 고대, 지리적으로는 바다 건너의 나라에 대한 동경이 나타
나 있다. 그러한 동경이야말로 부손의 로맨티시즘의 본질적
발로다.

계절어: 봄 안개(봄)

유채꽃이여

달은 동쪽에 있고

해는 서쪽에

菜の花や月は東に日は西に

　지금 해는 서쪽으로 기울고 유채밭의 아름다운 색은 눈부시지만, 한편 동쪽 하늘에는 크고 하얀 달이 떠 있다. 해와 달 그리고 유채꽃의 배합이 훌륭하다. 해와 달을 하나의 시 속에 담아낸 사람으로는 도연명(陶淵明)도 있지만,《만요슈》의 작가 가키모토노 히토마로(柿本人麻呂)도 있다.《만요슈》에 수록돼 있는 "동쪽 들판에 빛나는 햇살이 떠 있고 돌아보면 달이 기울었다(東の野にかぎろひの立つみえてがへり見すれば月傾きぬ)"라는 글이 일본인들에게 익숙하다. 이 노래는 아침 해와 새벽달을 다룬 것으로, 부손도 이것을 염두에 두고 지은 것이 확실해 보인다. 작품의 완성도 면에서 보면 히토마로와 견주어도 손색이 없어 보인다.

계절어: 유채꽃(봄)

가는 봄이여

찬자(撰者)를 원망하는

노래의 작자

行春や撰者をうらむ哥の主

　부손에게는 왕조 시대의 생각을 떠올리며 지은 시가 많이
있는데, 이 작품도 그중 하나다. 어떤 이가 칙찬집(勅撰集)에
들어가기를 희망하며 회심의 노래를 지었지만, 결국은 입선
되지 못했다. 부손은 바로 그 노래를 지은 작가를 생각하며
이 구를 읊었다. 그 작가는 새삼스레 원망한다고 해도 어찌할
도리가 없지만, 그렇게 자신이 있었던 자기 노래를 이번 칙찬
집에서 떨어트린 선자(選者)가 미웠을 것이다. 칙찬집이란 천
황의 명으로 시가나 문장 따위를 추려서 만든 책이다. 그렇게
그 가인(歌人)은 언제까지나 푸념을 늘어놓는다. 봄은 가련한
낙선자 한 사람을 내버려두고 떠나려 하고 있다. 그런 의미가
이 구에 담겨 있다. 가는 봄을 아쉬워하는 마음, 계절의 추이
에 따른 일말의 애상감과 육체적 권태감 등을 낙선한 가인의
푸념과 어우러지게 한 것은 부손이 이루어낸 새 지평이라 할
만하다. 부손의 왕조 취미가 뛰어난 구를 생산하는 데 적지
않은 영향을 주었으리라.

계절어: 가는 봄(봄)

목숨을 잃는

부부가 됐을 것을

옷 갈아입네

御手討の夫婦なりしを更衣
^{ころもがえ}

이 작품은 도쿠가와 시대의 것이다. 그 당시 제후에게는 매우 엄격한 집안 풍습이 있었다. 특히 불의는 집안의 금령으로, 제후를 받드는 자가 그것을 어겼을 때는 참수형을 당했다. 여기에 등장하는 두 사람도 그것을 어겼다. 그러나 그들은 평소 주인이 좋게 보던 사람들이어서 죽음은 면할 수 있었다. 결국 그들은 무사를 버리고 부부가 되어 저잣거리의 한구석에서 숨어 살 수밖에 없었다. 그로부터 몇십 년 후, 초로에 가까워진 두 사람이 솜옷을 벗고 산뜻한 겹옷으로 갈아입었다. 그들은 일상의 의식(衣食)에는 궁핍한 줄 몰랐기 때문에 비교적 상쾌한 나날을 보내고 있다. 그러한 부부의 과거 세월을 히라가나 열일곱 자를 통해 상상하는 것이다. "옷 갈아입네"라는 계절어가 특히 그 효과를 발휘하고 있다. "옷 갈아입네"의 원어인 고로모가에(更衣)는 '철에 따라 옷을 갈아입는다'는 뜻인데, 음력 4월 1일과 10월 1일에 옷 갈아입는 풍습이 있었다고 한다.

계절어: 옷 갈아입네(여름)

두견새 로세
헤이안 성을 나네
비스듬하게

ほと〻ぎす平安城を筋違に

두견새는 나무에 앉아 우는 경우가 많지만 하늘을 날아다니면서 울 때도 있다. 이 작품은 후자의 경우를 다룬 것으로, 헤이안 성(교토 시내 전체를 가리킨다)의 하늘을 비스듬히 울며 지나가는 두견을 그렸다. 시각은 밤이라고 생각된다. 이해하기 쉬운 작품이라 일본에서는 자주 인용된다. 그러나 이것이 실제로 보고 쓴 사생구(寫生句)인지 상상을 나타낸 공상구(空想句)인지는 판단하기 어렵다. 옛날의 하이쿠는 밤에 우는 두견새를 많이 다루었지만, 현대에는 거의 아침부터 저녁까지 전 시간에 걸쳐 두견새 울음을 다루고 있다. 두견새는 밤에도 울지만 아침에 비하면 대단히 드문 일이다.

계절어: 두견새(여름)

모란은 지고

부딪쳐 겹쳐지네

꽃잎 두세 장

牧丹散て打かさなりぬ二三片

　제재는 정원에 심은 모란이라고 생각할 수도 있고, 꽃꽂이
한 모란이라고 생각할 수도 있다. 여기에서 좀 더 상상의 폭
을 넓힌다면, 부손이 그림을 그리기 위해 꽃꽂이해둔 모란을
말하는 것일 수도 있다. 꽃이 활짝 피었을 때도 훌륭해 보이
겠지만, 막 떨어지기 시작한 꽃잎이 두세 장 겹치는 모습을
본다면 더 훌륭하다는 인상을 받을 것이다. 꽃잎이 더 떨어져
서 열 장 가까이가 되면 그 정도의 아름다움은 없을 것이다.
부손이 화가였기 때문에 이런 광경에도 애착을 가졌을 법하
다. 모란과 관련된 많은 작품 중에서도 객관적 작풍 속에 이
속(離俗)의 이상미(理想美)를 넌지시 묘사해낸 걸작이다. 시
각은 낮이 아니다. 아직 어둠이 남아 있는 이른 새벽일 수도
있지만, 저녁 혹은 달빛이 비치는 밤이라고 해석할 수도 있다.

계절어: 모란(여름)

자기 이름 대라
장대비 오는 조릿대 벌판
두견새로세

名のれのれ雨しのはらのほとゝぎす

　옛날 일본 장수 중에 사네모리(實盛)라는 사람이 있었다. 그는 자신의 머리를 노령의 백발로 물들이고 전투에 참가했지만, 결국 다른 사람과 함께 적군에게 잡혀 수급이 잘렸다. 처음에는 적군이 그를 알아보지 못했으나, 수급을 근처 연못에서 씻을 때 비로소 그가 사네모리라는 것을 알게 되었다는 얘기가 전해진다. 일본의 노(能)의 사장(詞章)에 가락을 붙인 것, 또는 그 사장을 가리키는 것으로 요코쿠(謠曲)가 있다. 요코쿠 중에도 '사네모리'가 있다. 거기에도 "이름을 대라고 꾸짖지만, 결국은 이름을 대지 못하고(名のれのれと責むれども 終に名乗らず)"라고 나온다. 두견새가 우는 것을 가리켜 '두견새가 자기 이름을 댄다'라고 표현하기 때문에 요코쿠 '사네모리'에도 그렇게 나오는 것이다. "장대비 오는 조릿대 벌판"도 '가느다란 대나무 다발이 내리 찌르듯이 줄기차게 내리는 비'를 응용한 것이다. 이처럼 이 작품에서는 부손의 여러 가지 기교가 느껴진다. 문인 화가 중에는 일한(日漢) 서적을 많이 읽는 사람이 많았는데 부손도 그중 한 사람이었다. 부손은 그러한 책에서 얻은 지식을 하이쿠에 응용하는 경우가 많았다.

이 작품도 그러한 경우다. 덧붙이자면, 두견새는 사람의 죽음을 애도하는 경우에 많이 사용된다. 우는 소리가 날카롭기 때문이다.

계절어: 두견새(여름)

남생이 새끼여

청회색 숫돌도 모르는

맑은 산의 물

錢龜や青砥もしらぬ山淸水

《장자(莊子)》, 〈추수편(秋水篇)〉에는 장자가 재상의 자리를
그만둘 때 "신령한 거북이 죽어서 뼈를 남기기보다는 살아서
진흙 속에 꼬리를 끌고 가겠다"고 말했다는 내용이 나온다.
이것을 읽고 있던 부손은 관(官)을 떠받들고 열심히 영달을
구하기보다는 진흙 바닥에서 꼬리를 끌고 가는 거북이처럼
스스럼없는 생활을 하고 싶다는 뜻을 이 작품을 통해 드러냈
다. '이 작은 남생이 새끼는 청회색 숫돌마저도 신경 쓰지 않
는 맑은 산의 물 속에서 살고 있다'고 읊조린 것은 그러한 의
미다.

계절어: 맑은 산의 물(여름)

시원함이여

종에서 떠나가는

종소리여라

凉しさや鍾をはなるるかねの聲

종을 칠 때 사용하는 당목(撞木)이라는 것이 있다. 그것을 치면 종이 울리기 시작한다. 정확히 말하면 그것이 종에 부딪친 바로 그 순간이 아니라 그보다 약간 뒤에 종이 소리를 낸다. 당목이 종을 치는 그 순간을 포착해서 종소리가 종을 떠난다고 표현했을 것이다. 멀리서 들려오는 종소리라면 시원함이 느껴질 수 있겠으나 가까이서 들리는 종소리에서는 시원함과는 다른 무언가가 느껴지지 않을까.

계절어: 시원함(여름)

입추로구나
백비탕(白沸湯) 향기로운
시약원(施藥院)이여

立秋や素湯香しき施藥院

　시약원이라는 것은 옛날 헤이안 시대(794~1192)에 창설된
조정의 진료소로, 가난한 사람들이 주로 도움을 받던 곳이다.
왕조 시대까지 계속되었지만 부손의 시대에는 없었다. 거기
서는 하도 여러 가지 약을 써서 그 향기가 방의 기둥이나 다
다미에까지 스며들었다. 심지어 맹물을 끓인 백비탕에까지
스며들었는데, 특히 입추에는 백비탕이 향기롭게 느껴질 정
도였다. 가을이 되면 모두 감각이 예민해지는 듯한 기분도 든
다. 백비탕이란 원래 냄새가 나지 않는 것이지만, 오늘이 입
추로구나 하는 생각을 하면 거기서 향기로운 냄새가 날지도
모르는 일이다. 이 작품은 그러한 계절감을 잘 포착하고 있는
것이 매력이다.

계절어: 입추(가을)

소오아미(相阿彌)의

초저녁잠 깨우네

대문자(大文字)로세

相阿彌や宵起すや大文字

　　대문자는 우란분(盂蘭盆)의 행사를 가리키는 말이다. 우란
분은 음력 7월 보름에 조상의 제사를 지내는 불교 행사다. 음
력 7월 16일 저녁, 교토의 히가시야마의 주봉 뇨이카타케(如
意ヶ嶽)에 크게 큰 대(大) 자 모양의 불이 떠오른다. 산의 경사
면에 쇠살대(火床)를 만들어서, 거기에서 잘게 자른 소나무
장작을 태우기 때문이다. 소오아미는 본래 화가지만 조원(造
園)에 해박한 사람이었다. 긴카쿠지(銀閣寺)를 비롯해 여러
곳에 작품을 남기고 있다. 그 대문자가 불타는 날, 소오아미
는 일찍부터 긴카쿠지에 와 있었을 것이다. 날씨가 더운지라
잠깐 초저녁잠을 자고 있는데, 그러는 사이 점화가 시작되는
바람에 절에 있던 승려가 당황해서 그를 깨우러 온 일을 담은
듯하다. 소오아미는 부손과 시대 차이가 상당히 나는 사람인
데, 그 사람을 마치 눈으로 보고 있는 것처럼 묘사하고 있는
것은 분명 부손의 능력이다.

계절어: 대문자(가을)

달이 밝은 밤

가난한 마을을

지나갔노라

月天心貧しき町を通りける

    달이 중천에 떠 있을 무렵, 도시의 변두리를 지나갔다. 어느 집이나 작다. 이미 문을 닫은 곳도 있고, 문을 열어놓고 달을 보고 있는 집도 있다. 구름 한 점 없는 달밤이라서 이 가난한 마을의 모습이 부손에게는 언제까지고 마음에 남아 있었을지 모른다.

계절어: 달(가을)

철새 날아와

울음 울어 기쁘다

나무 차양에

小鳥來る音うれしさよ板びざし

원문의 '소조(小鳥)'는 가을이 되어 북쪽에서 날아오는 철새를 말한다. 장소는 들판에 있는 집을 생각해도 좋지만 산길이 있는 곳의 집을 생각하는 것이 더 정취 있을 것이다. 나무 열매가 익어가고 철새들이 날아올 무렵이 되면 매일 아침 여러 새들이 나무 차양에 와서 소리를 낸다. 아직 잠자리에서 일어나지 않은 상태에서 그 소리를 들으면 참으로 기쁠 것이다. 정말로 새를 사랑하는 사람은 이 작품을 오랫동안 잊지 못할 것이다.

계절어: 철새(가을)

도바전(鳥羽殿)으로

오륙기(五六騎) 서두르는

태풍이어라

鳥羽殿へ五六騎いそぐ野分哉

　원문의 '노와키(野分)'는 초가을에 불어오는 강한 바람으로, 현대에 말하는 태풍을 가리킨다. 지금 그 강한 바람을 무릅쓰고 말 탄 무사 대여섯이 달려 나간다. 도바전에 무슨 일이 일어난 것이다. 그래서 무사들이 태풍 속을 서둘러 가는 것이다. 기병들이 사라진 뒤에도 여전히 살풍경한 태풍이 불고 있다. 도바전은 교토 남쪽에 시라카와(白河)와 도바(鳥羽)의 두 왕이 만든 별궁을 말한다. 1156년 헤이안 시대 말기에 도바 천황의 죽음을 계기로 황실 내부에 대립이 있었다. 이것을 호겐(保元)의 난이라고 한다. 부손의 하이쿠 중에는 역사에서 재료를 얻은 것이 많다. 물론 이 작품도 그중 하나다. 이 작품은 마치 한 폭의 그림을 보는 것 같은 느낌을 준다. 상상의 작품이지만 구상 자체는 훌륭하다. 시각은 훤한 대낮이라고 하는 설도 있지만 저녁 무렵이라고 생각하는 것이 좋을 듯하다. 고전적 세계에서 재료를 따온 공상의 소산이지만, 역사의 그림이나 역사 소설의 아름다움과 재미에 정통했던 부손다운 박력을 보여준다. 한 장면을 재료로 삼아 구상성과 풍부한 연상을 갖게 한 수법은 발군하다. 부손의 시각성과 원근법적 조형 솜씨를 엿볼 수 있다.

계절어: 태풍(가을)

국화의 이슬

물 대신 받아서

긴 벼루 목숨

きくの露受し硯のいのち哉

산골 마을에 아름다운 국화를 키우고 있는 집이 있다고 해
서 보러 갔다. 그러자 주인인 노인이 종이와 벼루를 꺼내서
하이쿠를 지어달라고 부탁했다. 이때 부손이 이 시를 써서 건
넨 것이다. 붓, 묵, 벼루가 있는데 그중에서 붓의 생명이 가장
짧고 벼루의 생명이 가장 길다. 지금 청을 받은 대로 국화에
괴어 있는 이슬을 물 대신에 벼루에 받아서 쓰기로 했다. 벼
루의 생명은 그로 인해 더욱더 늘어날 것임을 이 시는 암시
한다. 그 정취가 깊다. 일본에서는 상당히 많이 알려진 작품
이다.

계절어: 국화의 이슬(가을)

둥근 쟁반의
메밀잣밤나무 열매
옛 소리런가

丸盆の椎にむかしの音聞む

이 글의 전서(前書)를 보면, 옛날에 바쇼가 오오에쿠니이시
야마(近江國石山) 근처에 있는 겐주암(幻住庵)에 잠깐 거주
했던 것을 알 수 있다. 나고야의 가토 교다이(加藤曉台)가 여
행 중에 그곳에 머물렀는데 그때 부손이 그를 방문했다. 당시
겐주암은 상당히 황폐해 있었을 것이다. 가토 교다이는 부손
앞에 둥근 쟁반에 담은 메밀잣밤나무 열매를 내놓으며 권했
다. 부손은 그 옛날 바쇼가 노래했던 메밀잣밤나무 열매를 생
각하며 이 시를 지은 것이다. 메밀잣밤나무에서 바쇼가 겐주
암에 머물렀던 때의 소리를 듣고 싶어 하는 부손의 마음이 잘
드러나 있다.

계절어: 메밀잣밤나무(가을)

물새들이여
배에서 나물을 씻는
여인이 있네

水鳥や舟に菜を洗ふ女有

부손의 작품 중에서 잘 알려진 작품이다. 여기에서 물새는 수금류(水禽類)를 모두 포함하겠지만, 주로 오리라고 생각하는 것이 좋을 듯하다. 물의 경치가 좋아서 이름난 곳이 있다. 그곳에서는 여자라도 배에서 일을 하는 것이 익숙해져 있다. 지금 물가에서 좀 떨어진 곳에 작은 배를 띄운 채 여인이 나물을 씻고 있다.

계절어: 물새(겨울)

을씨년하네
돌에 해 떨어지는
겨울 들판이여

蕭條として石に日の入枯野かな

　겨울 들판에서는 사람도 만날 수 없고 새가 나는 모습도 볼
수 없다. 들판 길에는 커다란 돌들만 놓여 있을 것이고, 해 떨
어지는 모습은 참으로 쓸쓸하다. 이 구는 사생구처럼 보이지
만 공상에 의해 얻어진 것이라 판단된다. 그것은 겨울 들판에
돌 하나만을 놓고, 그 위에 해를 가라앉게 한 취향에 의해서
도 상상이 되지만, 원문에서 처음의 '蕭條(しょうじょう)として'
가 다섯 글자를 넘기고 있는 것은 한자 취미의 용어라고 생각
할 수 있기 때문이다.

계절어: 겨울 들판(겨울)

눈에 꺾인 가지여
눈을 뜨거운 물로 만드는
가마 밑이네

雪折や雪を湯に焚く釜の下

원문의 '설절(雪折)'은 눈의 부피 때문에 부러진 가지를 말
한다. 옛날 중국 위(魏)나라의 문제(文帝)는 동생 조식(曹植)
과 사이가 좋지 않았다. 어느 날, 문제가 동생에게 자신이 칠
보(七步)를 가는 동안에 시를 한 수 지으라고 했다. 만일 그렇
게 못하면 죽음을 면하지 못하리라고 했다. 동생은 어쩔 수
없이 "콩을 삶는데 콩깍지를 태운다. 콩은 가마 안에서 울고
있다. 콩도 콩깍지도 같은 뿌리에서 나온 것이다. 어째서 자
신을 나무라는 일이 급한가"라는 시를 지었다. 부손은 이 시
의 뜻을 기려 하이쿠를 꾸린 것이다. 즉 눈을 가마솥에 넣으
면 뜨거운 물이 되는 이치를, 눈 때문에 부러진 가지를 갖고
와서 가마 밑에서 불을 때었다고 읊은 것이다. 조금은 어렵게
느껴질지도 모르나 잘 음미해보면 깊이가 느껴진다.

계절어: 눈에 꺾인 가지(겨울)

파 사가지고
마른 나무 사이를
돌아왔노라

葱買て枯木の中を歸りけり

한 다발이나 두 다발의 파를 사가지고 마른 나무 사이의 길을 돌아서 왔다. 모든 것이 메마른 색인데, 파 색깔만은 움직이며 추위를 유혹하는 것이다. 이 작품에서는 화가로서의 눈이 작동하고 있다.

계절어: 마른 나무(겨울)

역수(易水) 강물에
흰 파 흘러내리는
추위로구나

易水にねぶか流るゝ寒さかな

　역수는 지금의 중국 허베이 성(河北省)을 흐르는 강(이수이 강)으로 그렇게 큰 강은 아니지만 역사적으로 이름이 높다. 옛날 연(燕)나라의 태자 단(丹)이 진시황에 대한 원한을 풀기 위해 어떤 자객을 보냈다. 그를 역수 근처까지 보냈지만, 일은 결국 실현되지 못했다. 부손은 역수의 흐름에 파를 띄워 경치를 현실화하고 강한 감명을 주는 데 성공했다. 파는 원래 추운 지방에서 잘 자라므로 역수 부근에서도 분명 자랐을 것이다. 흰 파라고 번역한 일본어 '네부카(ねぶか)'(뿌리가 깊다는 뜻)는 관동 지방에서 사용되는 파의 별칭으로, 파뿌리가 하얗고 흙 속에 묻히는 부분이 깊기 때문에 이런 이름이 생겼다. 부손은 젊은 시절 오랫동안 관동 지방에서 살았기 때문에 이에 대해 잘 알고 있었을 것이다. 관서 지방의 파는 전체적으로 녹색 부분이 우세하고 뿌리도 그렇게 깊이 묻혀 있지 않다. 이렇게 보면 이 작품은 사생의 것이라고 하기에는 좀 무리가 따른다. 역수에서 '네부카'를 생각해내는 것은 쉬운 발상이 아니다. 부손의 대표작의 하나로 꼽고 싶을 만큼 우수한 작품이다.

계절어: 흰 파(겨울)

도끼질하다
향기에 놀랐다네
겨울나무 숲

斧入て香におどろくや冬木立

    겨울나무 숲에서 적당한 나무를 골라 도끼질을 한다. 완전히 잎이 떨어지고 바싹 말라버린 듯이 보이는 나무지만 막상 도끼를 박아 넣어보니 신선한 향기가 나고 생명이 맥박 치는 소리가 전해져 깜짝 놀란다. 이 작품의 감동은 이미 죽은 듯이 보이는 것에서 새로운 생명이 숨 쉬고 있음을 느끼는 데 있다. 작가가 강한 감명을 받은 순간이 독자들에게 고스란히 전해진다.

계절어: 겨울나무 숲(겨울)

붕어 식해여
히코네의 성 위에
구름 걸린다

鮒ずしや彦根が城に雲かかる

붕어 식해라는 것은 에도식의 식해와는 다르다. 지금은 오
쓰(大津)의 명산품이지만, 당시에는 비와코(琵琶湖)의 연안
마을 어디에서나 만들어졌을 것이다. 붕어를 내장을 제거한
후에 소금에 절여놓은 것인데 대체로 여름에 만든다. 부손은
여행자 속에 섞여 찻집의 평상에 앉아 명물인 붕어 식해를 맛
보았을 것이다. 평상에 부채가 놓여 있는 것도 상상할 수 있
고, 부손이 비와코의 히코네 성 위에 걸려 있는 구름을 바라
보는 모습도 상상할 수 있다. 게다가 산을 물들이는 파란 잎
도 부손의 눈에 들어오니 이것이야말로 멋들어진 여행이 아
니겠는가.

계절어: 붕어 식해(여름)

새 대나무여

사가(嵯峨)는 저녁놀이

되었구나

若竹や夕日の嵯峨と成^{なり}にけり

저녁 햇살을 받아 생생하게 빛나고 있는 새로 자라난 대나무의 모습을 포착하여, 사가와 대나무와 저녁놀이 불가분의 관계로 통합되는 장면을 묘사했다. 작가는 죽순이 새 대나무로까지 성장한 시간의 추이를 지적하고자 한 것도 아니고, 아침 해에서 저녁 해로 옮겨 가는 하루의 변화에 흥미를 품은 것도 아니다. 순수한 미적 감동을 결정(結晶)하는 이미지로서 '저녁놀의 사가'를 발견한 것이다. 사가 벌판에는 대나무 숲이 펼쳐져 있다. 길가의 대나무는 제각기 기울고 길고 짧은 모양으로 뻗치면서 연둣빛 이삭을 상쾌하게 펼치고 있다. 이 저녁 해의 한때야말로 사가의 대나무가 가장 아름다울 때라는 것이다. 화가 부손의 특색이 잘 드러난 작품이다.

계절어: 새 대나무(여름)

모기의 소리

인동꽃 이파리가

질 때마다

蚊の声は忍冬の花の散ルたびに

파란 이파리 속에서 인동의 향기가 떠돈다. 덩굴로 자란 하
얀색과 노란색의 작은 꽃은 지금이 한창이라고 생각하며 다
투어 핀다. 바람도 없는데 낡은 노란색 꽃이 팔랑팔랑 떨어진
다. 그때마다 이파리 그늘에 숨어 있던 모기떼가 낮은 신음
소리를 내며 날아오른다. 시각은 저녁 무렵이다. 적어도 사방
은 응달이 되어 있을 것이다. 꽃이 작아서 눈에 띄지 않기 때
문에 햇빛이 빛나는 곳에는 어울리지 않는다. 또한 "모기의
소리"도 초여름의 밝은 광선과 친숙해 보이지 않는다. 간헐
적으로 연속되는 낙화의 모습을 부손은 정확하게 표현하고
있다.

계절어: 모기(여름)

봄의 물줄기
산이 없는 곳에서
흘러가노라

春の山水なき國を流れけり

    산다운 산도 없는, 눈에 들어오는 것은 모두 널찍하게 펼쳐진 평야뿐인 곳. 그 가운데를 한 줄기, 풍성한 봄의 물줄기가 부드럽게 봄빛을 반사하면서 완만한 커브를 그리며 흘러간다. 이 광경을 보는 지점은 산 위로 보인다. 이 물줄기가 흘러가는 곳이 바다라는 것도 암시되어 있는 듯한 기분이 든다. "산이 없는 곳에서"는 바다가 가까운 평야를 생각하게 하며, 마지막의 "흘러가노라"의 여운은 멀리 아득하게 흘러갈 큰 바다의 생태를 잘 반영하고 있다. 종래의 작품과는 완전히 이질적인, 시점이 높고 스케일이 큰 대관 풍경(大觀風景)을 다룬 작품은 화가 부손이 발견한 특색 중 하나일 것이다.

계절어: 봄의 물줄기(봄)

제정신 아닌

풀잎을 집은 마음

나비일레라

うつゝなきつまみごゝろの胡蝶也

어디에서 왔을까. 한 마리 예쁜 나비가 날아와서 풀잎에 사뿐히 앉는다. 날개를 조용히 접은 그 모습이 마치 내 혼이 빠져나온 것 같으며, 풀잎을 집고 있는 느낌도 꿈을 꾸듯 황홀하다. 이 구에 대해서 몇 가지 설이 있지만 '나비가 날개를 접고 앉아 있는 것을 집었을 때의 기분'을 표현했다는 설이 가장 가슴에 와 닿는다. 원문의 맨 앞 다섯 글자 '우쓰쓰나키(う つつなき)'는 제정신이 아닌, 있는지 없는지 알 수 없는 어렴풋한 느낌, 꿈인지 생시인지 분간할 수 없는 황홀한 기분을 나타낸다. 나비는 작가 부손 자신이라고 봐야 할 것 같다. 몽환적 정조가 드러나 있다.

계절어: 나비(봄)

小 林 一 茶

고바야시 잇사

여윈 개구리
지지 마라 잇사(一茶)가
여기에 있다

痩蛙まけるな一茶是に有り
やせがえる　　　　　　これ　あ

'암개구리에 덤벼들려다 다른 수개구리에 밀려나서 작아진 마른 개구리여 제대로 하라, 잇사가 여기에 있지 않느냐'라는 의미를 담고 있는 작품으로, 개구리들의 군혼(群婚)을 다루었다. 옛날에는 한 마리 암개구리를 두고 여러 마리 수개구리로 하여금 다투게 하는 유희를 즐기며 돈내기를 했다고 한다. 물론 지금은 행해지지 않는다. "잇사가 여기에 있다"라는 어구에서는 무사가 전장에서 자기 이름을 외칠 때의 어조가 느껴지는데, 잇사가 군담(軍談)을 즐겨 들었다는 기록도 있으니 그 영향이 아닐까 한다. 50세를 넘길 때까지 독신으로 살았던 잇사가 개구리들의 싸움에 제법 번쩍이는 시선을 쏟고 있는 것을 상상하는 것은 재미있다. 이 작품에서는 약자에 대한 동정심에 초점을 맞추기보다는 잇사의 인간적인 냄새를 느끼는 것이 더 좋지 않을까.

계절어: 여윈 개구리(봄)

돈도야키여
불꽃 위에 자꾸만
눈이 내렸네

どんど焼きどんどと雪の降りにけり

"돈도야키(どんど燒き)"라는 것은 정월 보름날에 아이들이 설날 무렵 대문 앞에 세워놓았던 소나무나 금줄 따위를 모아 광장이나 논에서 불태우는 행사를 가리킨다. 이때 중심이 되는 나무는 신이 나타날 때 매체가 된다고 하여 신목(神木)이라 한다. 그 신목의 맨 끝에 고헤이(ご幣)라는, 종이나 삼 따위를 오려서 드리운 오리나 부채 등을 장식하는데, 농촌에서는 그 불길의 기세로 일 년의 길흉을 점친다고 한다. 이 작품은 보름날에 그것들을 모아 불태우고 있으면 그 불꽃 위에 자꾸자꾸 눈이 내렸다는 의미다. 아이들은 이날 '돈도야돈도(どんどやどんど)'라고 하면서 노래를 불렀다. 원문의 '돈도토(どんどと)'는 그날 태울 때 나는 소리를 의미할 뿐 아니라 눈이 내리는 것을 형용하기도 하는데〔일본어로 '돈돈(どんどん)'은 '자꾸자꾸'라는 뜻이다〕, 이 점에서 이 작품의 훌륭함이 돋보인다. 이런 수법은 의성어나 의태어를 병용하는 경우에 볼 수 있다. 잇사는 이 수법을 종종 활용했다. 잇사의 언어적 기지가 넘치는 작품으로 꼽을 만하다.

계절어: 돈도야키(봄)

보릿가을아

아이를 업은 채로

정어리 파네

<ruby>麥秋<rt>むぎあき</rt></ruby>や子を負ひながらいわし賣り

등에 아기를 들쳐 업은 정어리 장수가 보리밭 사이로 오고 있다. 보리는 여름에 익어 수확하기 때문에 보릿가을이라고 일컫는다. 그 당시에는 멀리 에치고(越後)라는 곳에서 여인들이 소금에 절인 대구나 다시마, 미역 등을 가지고 행상을 하러 왔다고 한다. 젊은 여자들이 무거운 짐을 들고 아이까지 업은 채 먼 길을 걸어왔다는 것을 상상하면 무척이나 가슴 아프다. 이 작품은 당시 식량이 궁한 시기에 도시나 농촌에 살던 서민들의 생활고를 느끼게 해주는데, 잇사가 적어도 그러한 상황을 체험해보았을 것이라고 상상해볼 만하다. 잇사 이전에 이렇게까지 통절한 울림을 전해주는 생활구를 읊은 시인은 없었을 것이다.

계절어: 보릿가을(여름)

눈 흩날리네
농담도 하지 않는
시나노(信濃) 하늘

雪ちるやおどけも言へぬ信濃空
　　　　　　　　　　　　しなの

　산바람이 불고 있다. 거기에 눈이 흩날린다. 시나노의 눈
내리는 하늘을 바라보는 암담한 마음에서는 농담 한마디 나
오지 않는다는 것, 이것은 무슨 뜻일까. 이 작품이 나온 해의
3월에는 어떤 소년이 익사했고, 6월에는 잇사의 장녀인 '사
토'가 태어난 지 1년 만에 병으로 죽었다. 7월에는 잇사가 학
질을 앓았다. 12월에는 예정했던 에도 여행을 취소했다. 이렇
게 비운이 연속되었으니 시나노의 하늘이 그에게 농담 한마
디 건네줄 리 없었을 것이다. 잇사의 진솔한 신음 소리가 들
려오는 듯하다.

계절어: 눈(겨울)

고아인 나는

빛도 내지 못하는

반딧불인가

みなしご
孤の我は光らぬ螢かな

　세 살 때 어머니를 잃고 고아가 된 잇사 자신은 빛을 내지 못하는 반딧불이와 같은 심정이었을 것이다. 일본의 고전 문학을 대표하는 작품《겐지모노가타리(源氏物語)》의 〈기리쓰보(桐壺)〉에 히카루겐지(光源氏)가 어머니를 세 살 때 잃었다고 쓰여 있다. "빛도 내지 않는(光らぬ)"이라는 말은 '히카루겐지(光源氏)'를 뜻한다. 같은 고아임에도 히카루겐지는 귀인의 혈통으로 영화를 누렸고 잇사 자신은 음지의 꽃과 같은 생애를 산 데서 오는 탄식이 담겨 있다. 자신을 "빛도 내지 못하는 반딧불이", 즉 작고 보잘것없는 존재에 비유하여 거대한 존재였던 히카루겐지와 대비함으로써 애잔한 인상을 준다.

계절어: 반딧불이(여름)

지는 참억새

싸늘해지는 것이

눈에 보이네

散る芒<ruby>芒<rt>すすき</rt></ruby>寒くなるのが目に見ゆる

참억새가 지고 나면 하루하루 추위가 다가온다. 참억새가
은빛 머리칼을 날리게 되면 그때는 벌써 겨울이 왔다는 신호
다. 잇사가 환갑을 넘어서 쓴 작품이라서 그럴까. 자신도 서
서히 나이 들고 늙어가고 있음을 억새가 지는 등의 계절 변화
를 통해 간접적으로 알려주는 듯하다. 참억새의 은빛 머리칼
은 노인이 된 자신의 백발로 보였을지도 모른다. 독자들의 마
음에 스미는 듯한 자연 관조가 일품이다.

계절어: **참억새**(가을)

귀뚜라미야

오줌 누는 소리도

가늘어진 밤

きりぎりす尿瓶のおともほそる夜ぞ

귀뚜라미 우는 깊은 밤에 요의를 느껴 머리맡의 요강을 가까이 끌어당겨보지만 오줌발 소리는 시원치 않다. 사람이 나이가 들면 오줌 누는 간격도 짧아지고 잠자리 근처에서 용변을 보게 된다. 이 작품에서는 나이를 먹어감을 자각하면서 느끼는 쓸쓸함 같은 것이 묻어난다. 잇사는 건강한 체질의 소유자였다고 생각된다. 오랜 방랑 생활에도 병약함을 탄식하는 문구가 거의 보이지 않기 때문이다. 다만 스물아홉 살 무렵 귀향했을 때의 기록을 보면 이미 머리가 허옇고 앞니가 빠졌고 치아의 맞물림이 좋지 않아 곤란하고 얼굴빛도 좋지 않다는 내용이 나온다. 서른이 채 되지 않은 나이에 이런 형상이었다면 조로했으리라는 추측이 가능하다. 빈곤으로 인해 제대로 먹지 못한 것과 기식(寄食) 생활을 한 데 원인이 있었을 것이다. 특히 치아의 상태가 좋지 않았다는 내용은 또 다른 곳에서도 등장한다.

계절어: 귀뚜라미(가을)

무를 뽑아서
무로 내가 갈 길을
가르쳐 주었네
　大根引き大根で道を教へけり

겨울 시골 길에서 밭에서 무를 뽑고 있는 농부에게 길을 묻
자 그는 방금 뽑아낸 무로 방향을 가리키며 길을 일러준다.
길을 묻는 나그네에게 무를 뽑아서 대답을 하는 농부는 우직
하면서도 말이 없다. 자못 유머러스하기도 하다. 길을 가르쳐
주었다기보다는 독자들에게 흙냄새를 전해주는 것 같아 향
기롭다. 잇사는 시골에서 나고 성장했다. 농민의 아들인 잇사
에게 시골 냄새 가득한 작품이 많은 것은 당연한 일인지도 모
른다. 쓰(通: 세상 물정에 밝은 것이나 그런 사람을 가리키는 말인
데, 본래는 유곽의 작법이나 풍습에 어울리는 태도를 뜻한다)나 스
이(粹: 풍류를 즐겨 화류계 사정에 밝고 행동이 세련되었다는 뜻)
를 과시하는 퇴폐적인 에도 취미를 뒤집고 그 치부를 드러내
보이려 했던 것으로 에도 중기 때 풍자나 익살을 특색으로 하
는 17자의 시(詩)인 센류(川柳)라는 것이 있었다. 센류의 유
행과 특징을 같이하는 잇사에게 센류 스타일의 발상이라고
혼동하게 만드는 하이쿠가 있었다는 것은 한 번쯤 생각해볼
만하다.

계절어: 무를 뽑아서(겨울)

파란 하늘에
손가락으로 글자를 쓰는
가을의 저녁

靑空に指で字をかく秋の暮

가을날 해가 뉘엿뉘엿 질 무렵, 깊고 맑은 파란 하늘이 펼쳐진다. 혼자 방황하다가 누구 불러볼 사람도 없고, 어느 사이엔가 작가는 파란 하늘을 향해 덧없이 손가락으로 글자를 쓰고 있다. 이렇게 쓴 글자는 무엇을 의미하는 것일까. 이 작품의 배후에는 잇사의 첫 아내가 있다. 잇사는 스물여덟 살의 아내를 맞이했지만 얼마 후 에도로 나가 그 해 말까지 머물렀다. 이름뿐이었던 신혼 시절의 아내 얼굴을 그렸을까. 쉰두 살이 된 잇사의 여심(旅心)에는 권태감이 숨어 있는 것 같다.

계절어: 가을의 저녁(가을)

맑은 아침에

탁탁 소리를 내는

숯의 기분아

あさばれ
朝晴にばちばち炭のきげん哉

　숯을 파내 화로에 붓는다. 숯이 점점 뜨거워져서 탁탁 소리를 낸다. 겨울의 어느 맑은 아침에 숯의 기분도 잇사의 눈에는 좋아 보이는 것이다. 인간 이외의 것을 인간에 비유해서 표현하는 수사법(修辭法)으로 의인법과 활유법이 있다. 의인법과 활유법은 사람이 아닌 것을 사람에 빗대어 사람과 같이 행동하는 것으로 그리는 수사법이다. '코스모스가 살포시 웃고 있다'라는 표현이 그러하다. 일종의 감정 이입이다. 잇사의 작품에서도 작은 동물을 읊은 구에서 종종 이런 예를 볼 수 있다. 이 구에서 그가 숯에 대해 빨간 불꽃을 일으키면서 소리 내는 것이라고 기분 좋게 진단한 것은 원래 작가 자신의 기분이 이입된 것이라고 봐야 할 것이다.

계절어: 숯(겨울)

달아나는구나
좀(紙魚)의 무리 중에도
부모 자식이

逃げる也紙魚が中に親よ子よ

　좀이 쩔쩔매며 달아난다. 자세히 보니 큰 좀이 작은 좀을 감싸려 하고 있다. 부모 자식 간일까. 좀은 가장 하등 동물로 좀목좀과의 곤충이다. 의류와 종이의 해충이다. 성충은 몸길이가 8밀리미터 정도이고, 가늘고 긴 형태를 하고 있으며, 날개는 퇴화하여 없다. 종종 그들은 무리를 지어 출현한다. 모두 다 달리며, 도망가는 것이 빠르다. 우리 국어 사전에서 좀을 찾아보면 의어(衣魚)라고도 나온다. 잇사는 이들의 빠른 발걸음을 적확하게 포착하고 있다. 앞에 "달아나는구나"를 배치한 것은 작은 동물의 빠른 걸음에 놀라서 그랬을 것이고, 아래의 "좀의 무리 중에도 부모 자식이"라는 표현에는 좀에 대한 잇사의 애련함이 담겨 있다. 잇사는 무려 2만 구에 달하는 하이쿠를 지었는데, 특별히 제재로 삼은 작은 동물은 기러기, 반딧불이, 모기, 두견새, 개구리, 휘파람새, 귀뚜라미, 벼룩, 파리, 고양이, 참새 등 다양하다. 이중에서도 인간에게 그립고 사랑스러운 존재보다는 오히려 파리, 벼룩, 모기 등 혐오의 대상이 되는 것을 택한 심리는 인간의 경우 거지나 의붓자식 같은 존재를 다루는 심리와 같은 것이 아닐까. 다시 말

해서 미움받고 학대받는 존재에 대한 동정은 그의 의식 속에
자리 잡고 있는 뒤틀린 애련의 가탁이라고 할 수 있을 것이다.

계절어: 좀(여름)

죽은 엄마여

바다를 볼 때마다

볼 때마다

亡き母や海見る度に見る度に

　　바다를 볼 때마다 어릴 때 사별한 어머니가 생각난다는 이
작품이야말로 잇사의 슬픔이 그대로 배어 있는 것이라 할 수
있다. 이것은 지천명에 접어들어 쓴 작품이라고 알려져 있다.
잇사는 만으로 채 세 살도 되지 않았을 때 어머니와 죽음을
경계로 헤어질 수밖에 없었다. 그래서 죽은 어머니에 대한 기
억이 분명하지 않았고, 그런 만큼 그에게서 죽은 어머니는 미
화되고 사모의 정은 증폭되었을 것이다. 무한히 넓은 바다는
무상(無償)의 넓이나 깊이와도 통한다. 파란 바다가 죽은 어
머니에 대한 사모의 정을 환기시키는 것은 자연스러운 현상
이다.

계절어: 없음

아름다워라
종다리가 울음 울던
하늘의 흔적
うつくしきや雲雀の鳴きし迹の空

　한바탕 울던 종다리의 모습이 보이지 않는다. 언뜻 하늘
을 올려다보니 하늘이 아름답다. 지상에는 파란 보리밭 융단
이 깔려 있다. 하늘에는 하얀 레이스를 단 듯한 구름이 있다.
"종다리가 울음 울던 하늘의 흔적"을 보며 "아름다워라" 하고
영탄하는 것에 문제가 없는 것은 아니다. 여러 가지 말을 떠
올리다가 "아름다워라"라는 말이 떠올랐을지도 모른다. "아
름다워라"라는 말이 갖는 내용을 무한정으로 한 채, 그 아래
말들에 이어져야 할 미적(美的) 향수(享受)의 대상이 존재하
지 않는다면, 이미 독자적인 관조를 살렸다고 할 수 없다. 오
히려 독자적인 관조는 정지되었다고 해야 할 것이다. "종다리
가 울음 울던 하늘의 흔적"이 극히 개성적인 대상 파악이기
때문에 "아름다워라"는 그 활성(活性)을 부여받았으며 공허
한 울림이 되지 않았다.

계절어: 종다리(봄)

저녁의 벚꽃
오늘도 또 옛날이
되어버렸네

夕ざくらけふも昔に成りにけり

　저녁이 되어 벚꽃도 이미 저녁 빛깔에 싸이게 되었다. 그런
시간을 맞이했다고 상상해보라. 그러면 오늘이라는 하루도
또 옛날처럼 느껴지게 될 것이다. 잇사에게도 오늘이라는 시
간은 금세 사라져가는 것 중 하나다. 이 작품을 통해 그 결락
(缺落)의 의식에 얽혀 있는 덧없음이나 아픔이 독자에게 전
달된다. 저녁 벚꽃을 제재로 택한 잇사의 시각이 예리하다.

계절어: 저녁의 벚꽃(봄)

눈이 녹고서
동글동글하여라
둥근 달이여

雪とけてくりくりしたる月よ哉

　눈이 녹으면 지상의 모든 생물은 활기를 얻게 된다. 따스한 기류가 모든 생명체의 가슴을 설레게 한다. 저녁이 되면 하늘에는 둥그런 달이 뜬다. "동글동글"이라는 의태어는 신선하다. 그리고 동화적인 정감을 주기에 충분하다. 잇사는 봄이 찾아온 기분을 그림처럼 펼쳐 보이고 있다.

계절어: 눈이 녹고서(봄)

해 질 녘이여

반딧불이에 젖는

얇은 다다미

夕暮や螢にしめる薄疊
^{うすだたみ}

여름에 날이 저물어 어둑어둑 땅거미가 내리기 시작할 무렵, 반딧불이 한 마리가 얇은 다다미(疊) 위를 기어가고 있다. 그 흔적이 한 줄기 물줄기처럼 젖어 있는 것을 본다. 반딧불이를 읊은 작품이 잇사에게는 많다. 그러나 반딧불이 냄새가 물씬 풍기는 작품은 그리 많아 보이지 않는데, 이 구는 그런 드문 작품 중 하나다.

계절어: 반딧불이(여름)

후루도네(古利根)여
오리가 우는 밤의
쓸쓸한 술맛

古利根や鴨の鳴く夜の酒の味
ふるとね

후루도네는 후루도네 강을 말한다. 원래는 에도 강과 함께 도네(利根) 강의 본류를 형성하며 도쿄 만으로 흘렀다. 에도 막부는 하류 지역의 개발을 위해 유로의 변경을 꾀했고, 구리하시(栗橋)에서 동쪽으로 길을 열어 기누(鬼怒) 강으로 흘러들게 하는 공사를 통해 현재의 수로를 완성시켰다. 1654년의 일이다. 그 때문에 구리하시 부근에는 늪지대가 생겨나 갈대가 자라고 겨울에는 오리가 무리를 지어 서식하게 되었다. 잇사가 이곳에 묵으며 마시는 술맛은 어떠했을까. 여행지인 만큼 오리가 우는 소리를 듣는 기분은 쓸쓸하고 마시는 술은 씁쓰레했을 것이다.

계절어: 오리(겨울)

산이 불타네
눈썹에는 주르르
밤비 내린다

山やくや眉にはらはら夜の雨

　이른 봄 무렵, 야산의 초목이 싹트기 전에 풀밭을 다 태워
버리는 것을 야마야키(山燒き)라고 한다. 노야키(野燒き)라고
도 한다. 산의 마른 풀들을 태워버리는 것은 초봄에 새싹이
잘 돋도록 하기 위해서다. 그렇게 태우고 남은 재는 비료가
되며, 또한 해충을 없애는 데도 유익하게 사용된다. 타는 불
을 바라보고 있는데, 갑자기 눈썹에 차가운 것이 걸린다. 그
것은 바로 이른 봄의 밤에 내리는 비다. 먼 산에서 타고 있는
불과 주룩주룩 내리는 밤비 사이에 서 있는 작가 간의, 때 묻
지 않은 냄새와 부드러운 정감의 교류를 느낄 수 있는 작품이
다. 어둠 저편에서 타고 있는 불빛은 인간 원시의 마음을 자
아내는 요소를 품고 있지나 않은지⋯⋯.

계절어: 산이 불탄다(봄)

연꽃 있으나

이(虱)를 비틀어서

버릴 뿐이네

はす　　しらみ
蓮の花虱を捨つるばかり也

여름을 맞이한 뜰에는 연꽃도 피어 아름답다. 그렇지만 운치를 이해하지 못하는 자신과 같은 사람은 그저 하찮은 미물인 이를 비틀어서 버릴 뿐이다. 이 작품은 잇사가 후카와〔布川: 지금의 이바라기 현(茨城県) 소재〕에 있는 지인이 새로 주택을 지은 것을 축하하며 지은 〈신가기(新家記)〉에 나오는 한 구다. "연꽃"에는 지인의 풍아한 멋을, "이를 비틀어서 버릴 뿐이네"에는 스스로의 몰취미를 담고 있다. 주인의 인품이나 모습에 대해 찬사를 보내는 구와는 달리 여기서 잇사는 주객(主客)의 극단적인 존비(尊卑)의 대치를 통해 축하의 뜻을 과장하고자 했다.

계절어: 연꽃(여름)

조용함이여
호수의 밑바닥에
구름 봉우리

しづかさや湖水の底の雲のみね

　뭉게뭉게 솟아오른 뭉게구름이 깊고 맑은 호수의 밑바닥에 그림자를 떨구고 있다. 사방은 죽음과 같은 정적에 휩싸여 있다. 여름이 한창일 무렵, 마치 시간이 정지한 듯한 정밀(靜謐)함을 호수 밑바닥에 비추고 있는 하얀 구름의 그림자. 그것을 응시하며 "조용함이여"라고 읊었을 것이다. 그러나 이미 "조용함이여 호수에 비추고 있는 구름 봉우리"라는, 부손의 제자인 가토(霞東)의 구가 있기 때문에 이는 그 모방이라고 해야 할 것이며, 잇사만의 창작품으로 보기는 어렵다.

계절어: 구름 봉우리(여름)

저녁 벚꽃아
집이 있는 사람은
이내 돌아간다

夕櫻家ある人はとくかへる

　저녁 어둠이 몰려올 무렵, 벚꽃 구경하러 온 사람들이 귀가
를 서두르고 사람의 그림자도 뜸해진다. 돌아갈 집도 없는 나
는 정처 없이 방황하며 돌아다닌다. 이 작품은 타향에서 집도
없이 고독한 신세에 처한 잇사의 탄식을 느끼게 한다. 고향에
집이 있긴 했지만 계모와 이복동생과의 사이가 냉각되어 이
미 그가 돌아갈 수 있는 집이 아니었다. 그러한 상황에서 나
온 고독의 중얼거림이다.

계절어: 저녁 벚꽃(봄)

여름의 산에

기름기가 도는

밝은 달이여

夏山の膏ぎつたる月よ哉

초목이 빽빽이 우거진 여름 산을 달이 비추고 있다. 산의 표면도 반들반들 기름기가 도는 것 같다. 이 구의 앞에 붙은 '양구(羊裘)'라는 말은 어린 양의 모피로 만든 윗옷을 가리킨다. 그 반들반들한 털을 전환시켜 여름 산의 달밤에 비친 풍경을 읊고 있는 것이다. "기름기가 도는"이라는 말의 형용은 양구를 연상시키지만 그 감성은 신선하고 야성적이다. 밤기운에 싸여 잠자고 있는 여름 산이 당장이라도 잠에서 깨어나 움직일 것 같은 느낌마저 든다.

계절어: 여름 산(여름)

맑게 갠 하늘
한낮에 혼자서
걸어가노라

晴天の眞晝にひとり出づる哉

　맑게 갠 파란 하늘 아래 혼자서 정처 없이 또 걸어간다. 도
네 강변의 파란 하늘 아래로 걸어가는 잇사의 고독한 그림자
가 낮게 깔리는 듯하다. 시기적으로는 언제인지 알 수 없지만
초겨울의 정취가 느껴진다. 당시의 잇사의 신세나 심정을 바
탕으로 해석한다면 공허함의 그늘이 있다.

계절어: 없음

덧없는 세상은

덧없는 세상이건만

그렇지만은

露の世は露の世ながらさりながら

　원문 맨 앞에 나오는 '이슬의 세상(露の世)'은 이슬처럼 덧
없는 세상을 나타내는 말이다. 가을을 나타내는 용어인 이슬
을 사용한 것은 덧없는 세상을 표현하기 위한 잇사의 의도로
파악된다. 잇사는 장녀 사토를, 얻은 지 만 일 년도 되지 않아
잃었다. 그야말로 이슬과 같은 덧없는 목숨이었다. 덧없는 세
상이라는 관념은 불교에 바탕을 둔 것이다. 일단 그것을 긍정
하면서도 되풀이하여 나타낸 것은 이론적으로는 어떻게 할
수 없는 육친의 슬픔을 절절히 드러낸 것이다.

계절어: 이슬(가을)

저녁 후지 산에

엉덩이 나란히 하고

우는 개구리

夕不二に尻を竝べてなく蛙
ふゆふじ　　　　　　　　　　　　かはづ

　개구리가 엉덩이를 나란히 한 채 울고 있다. 그 젖은 엉덩
이 사이에서 술잔을 엎은 듯한 작은 후지 산의 저녁 모습이
엿보인다. 기이한 구도다. 엉덩이를 내미는 개구리의 무리는
과대하게 묘사되었고, 후지 산은 거꾸로 왜소하게 그려졌다.
이런 식으로 작은 것을 크게, 큰 것을 작게 하는 극단적인 가
치의 전도가 대조됨으로써, 유머 넘치는 잇사의 세계가 펼쳐
지는 것이다. 말하자면 부조화의 대조가 갖고 오는 의외성에
서 하이쿠의 해학미가 생겨난다고 볼 수 있다.

계절어: 개구리(봄)

불 깜빡깜빡

천연두 격리 병사(病舍)

눈보라여라

灯^ひちらちら疱瘡^{はうさう}小屋の吹雪^{ふぶき} 哉

깜빡깜빡 불빛이 새어 나오는 천연두 격리 병사가 지금은 완전히 눈보라에 갇혀 있다. 1793년, 잇사는 규슈(九州) 지방을 여행하게 되는데, 그가 머물렀던 나가사키(長崎)에는 당시 하이쿠 작가가 많았다. 막부의 쇄국령 이후 나가사키는 단 하나의 개항의 장소였다. 원문의 '포창(疱瘡)'은 천연두의 속칭이다. 잇사가 이 작품에서 말하는 공간은 나가사키 교외에 설치된 격리 병사로 짐작된다. 눈보라에 갇혀 있는 그 옛날의 병사에서 희미하게 불빛이 새어 나오는 정경을 통해 잇사는 무엇을 생각했을까.

계절어: 눈보라(겨울)

소나무 솟고

물고기 놀고 봄을

아쉬워하네

松そびえ魚をどりて春を惜む哉

　뜰에는 푸른 소나무가 우뚝 솟아 있고, 못에서는 물고기가 즐거이 무리를 지어 놀고 있다. 이 작품은 그 모습을 지켜보면서 지나가는 봄을 아쉬워하는 잇사의 심경을 담고 있다. 잇사는 자신과 친교를 맺었던 사람의 집을 방문하여, 그 집안의 못을 보면서 이렇게 읊었다. 그러나 이 작품은 바쇼의 "가는 봄이여 새는 울고 물고기 눈에는 눈물(行はるや鳥啼うをの目は泪)"이라는 구를 전용한 것임이 명백해 보인다. 이를 통해 바쇼에 대한 외경을 짐작할 수 있다.

계절어: 봄을 아쉬워하네(봄)

도랑이 있고
얼음 위를 달리는
쌀뜨물이네

せ〻なぎや氷を走る炊^{かし}ぎ水

잇사는 어수선하고 더럽고 좁은 길이 나 있는 뒷골목에 가
보았을 것이다. 겨울날 뒷골목의 얼어붙은 도랑 위를 부엌에
서 흘러나온 하얀 쌀뜨물이 달리듯이 흐르고 있는 모습을 구
로 담아냈다. 하수구를 덮은 널빤지 같은 것을 통해 좁은 골
목길로 쌀뜨물이 나가는 가난한 동네에서는 얼어붙은 도랑
에도 먼지가 달라붙어 있었을 것이다. 그 위를 하얀 쌀뜨물이
가늘게 한 줄기의 수맥이 되어 기어가는 모습은 인상적이다.
서민들의 삶에 관심을 보이는 잇사의 시선이 느껴진다.

계절어: 얼음(겨울)

번개로구나

무심코 있기만 한

나의 얼굴로

稲妻やうっかりひょんとした顔へ
いなづま

다른 것에 정신이 팔려서 멍하니 있는데 아무런 전조도 없이 갑자기 번개의 섬광이 얼굴로 다가온다. 번개로 번역한 '이나즈마(稲妻)'는 가을밤 하늘에 천둥소리를 동반하지 않고 전광만이 달리는 것을 뜻한다. 이 구에 나오는 얼굴은 다른 사람의 얼굴이라고 해석할 수도 있으나 역시 잇사 자신의 얼굴이라고 보는 것이 그의 작법과 어울린다. "무심코 있기만 한"이라는 표현도 자기 의식과 결부되어 있기 때문에 비로소 생동하는 느낌을 줄 수 있는 것이다.

계절어: 번개(가을)

때리지 말라

파리가 손 비비고

발을 비빈다

やれ打つな蠅が手を摺り足をする

손 비비고 발 비비는 파리의 행위를 "때리지 말라"는 애원의 태도로 재치 있게 읽어낸 작품이다. 의인화 수법이 이 구의 매력이다. 작고 보잘것없는 동물을 작품 세계에 무수히 등장시킨 잇사는 과연 후세의 사람들로부터 비소(卑小)한 동물을 가장 많이 노래한 시인이라는 평가를 받을 만하다.

계절어: 파리(여름)

오늘이란 날도
장구벌레의 행동
내일도 또한

けふの日も棒ふり虫よ翌も又

　오늘 하루도 아무 하는 일 없이 막대기를 휘둘렀지만 내일
도 또한 같은 일을 반복할 것이다. 원문의 '보후리무시(棒ふり
虫)'는 모기의 유충인 '보후라(ぼうふら)'를 가리킨다. 보후라
는 한국어로는 장구벌레다. 장구벌레는 막대기를 휘두르는
듯한 모양으로 가라앉았다 떠올랐다 한다. 장구벌레의 모양
을 '막대기를 휘두른다'라는 일본어 '보후리(棒ふり)'에 비유
한 것은 놀라운 기교다. 장구벌레의 단조롭고 무위한 동작을
빌린 것은 잇사의 감회가 아닐까.

계절어: 장구벌레(여름)

봄비 내리고

잡아먹히려고 남은

오리가 운다

<ruby>春<rt>はるさめ</rt></ruby>雨や<ruby>喰<rt>く</ruby>はれ残りの<ruby>鴨<rt>かも</rt></ruby>が鳴く

봄비가 계속 내리고 있던 저녁나절, 북쪽 나라로 날아가지 못하고 남아 있던 오리의 울음소리가 들려온다. 오리는 가을과 겨울에 북쪽에서 날아와 하천과 호수 그리고 늪지대에서 머물다가 봄이 되면 다시 북쪽으로 돌아가는 조류다. "남은 오리"라는 것은 총탄 등에 상처를 입었거나, 그 밖의 원인으로 인하여 생식 기관에 문제가 생겨 북쪽으로 날아가지 못하고 남은 오리를 가리킨다. 오리가 먹이를 찾아 논밭에 모습을 드러내는 것은 어스름한 저녁부터 밤에 걸쳐서 잦고, 이 작품도 그러한 시각을 배경으로 한다. "남은 오리"를 "잡아먹히려고 남은 오리"로 포착한 것은 잇사의 기교다. 포획된 오리는 월동용 음식으로 저장되었던 것 같다.

계절어: 봄비(봄)

논의 기러기야
마을 사람 몇 명은
오늘도 간다
田の雁や里の人數はけふもへる
<small>さと　にんず</small>

벼를 베어낸 논에 기러기 떼가 내려올 무렵이 되면 차가운 눈이 내리기 시작하고, 눈이 많이 오는 지방의 남자들은 겨울 동안의 일을 찾아 두세 사람이 돈벌이를 하러 떠난다. 기러기 는 가을에 북쪽에서 날아와 다음 해 봄까지 머무르는 철새다. 농한기에는 남자들이 농촌을 떠나 에도로 돈벌이하러 가는 것이 시나노나 에치고 남자들이 매년 행하던 관습이었다. 어 쩌면 잇사는 남자들이 돈 벌러 떠난 뒤 노인들이나 여자들이 집을 지키며 겨울나기를 하는 모습을 상상하며 이 구를 지었 는지도 모른다.

계절어: 기러기(겨울)

새벽달이여

아사마(淺間)의 안개가

밥상을 긴다

ありあけ　あさま
有明や浅間の霧が膳をはふ

　새벽달이 아직 하늘에 남아 있는 이른 새벽, 여행지의 여관
에서 밥상을 대하면 아사마의 산기슭에 피어오르는 안개가
밥상 주위를 기는 것처럼 흐른다. 그 장면을 표현한 것이다.
이 구에 잇사의 쓸쓸한 심정이 담겨 있는지는 확신할 수 없으
나 데생은 정확하다. "밥상을 긴다"라는 표현이야말로 잇사
의 문학적 능력을 반영하는 것이며 읽는 이에게 생동감을 느
끼게 해준다.

계절어: 안개(가을)

뱅어 떼들이

우르르 태어난다

으스름달밤

白魚のどっと生るゝおぼろ哉

　봄날의 으스름한 달밤에 물 밑바닥에서 뱅어 새끼 한 무리
가 태어난다. 뱅어는 근해어이며, 몸길이 10센티미터에 가늘
고 길게 생겼다. 물속에 있을 때는 반투명의 파란빛이 나는
은백색을 띠지만 물 밖에서는 하얀색으로 변한다. 1~2월경
에 강으로 올라가 4~5월경에 산란하며, 수명은 겨우 일 년이
라 한다. 이 구는 바쇼의 "새벽녘이여 뱅어가 하얗구나 한 치
정도(明ぼのや白魚しろきこと一寸)"라는 구를 연상시킨다. 물
을 벗어나면 하얀색으로 바뀌는 뱅어의 모양을 잘 관찰한 작
품으로 잇사에게 영향을 주었을 것이라 생각된다.

계절어: 뱅어(봄)

正 岡 子 規

마사오카 시키

유채꽃이네

확 번져가는 밝은

변두리 동네

菜の花やぱっとあかるき町はづれ

유채꽃은 남쪽 나라의 봄을 노랗게 물들이는 꽃이다. 시키의 고향인 마쓰야마(松山) 교외에서도 녹색의 보리와 노란 유채꽃이 일대를 밝게 물들이고 있었을 것이다. 자연의 풍부함에 비해 집들이 늘어선 남쪽의 거리는 가난한 모습을 보여준다. 북쪽 동네보다 가난하고, 사람들 또한 집은 눈비 막아낼 정도면 된다는 생각을 갖고 있다. 나지막한 집들이 이어진 동네, 그 수수한 색채로 아로새겨진 거리를 벗어나 유채꽃이 활짝 핀 교외로 나가게 되면 마치 밝은 조명이라도 받은 것처럼 놀라게 된다. "확 번져가는 밝은"은 그 소박한 놀라움을 솔직하게 언어로 옮긴 느낌이다.

계절어: 유채꽃(봄)

말의 꼬리여
잽싸게 몸을 돌려
피하는 제비

馬の尾やひらりとかはす乙鳥

　바쇼가 활약하던 시대만 해도 일본에서는 말이 그렇게 귀한 동물이 아니었다. 메이지(明治) 시대에도 시골에 가면 어딘가에 묶인 말들을 볼 수 있었다. 길가에 묶인 말들이 파리 따위를 쫓으며 크게 꼬리를 흔들고 있을 때, 땅과 마찰이라도 할 듯이 날아온 제비가 한순간 하얀 복부를 드러내며 반전(反轉)한다. 능숙하게 말 꼬리를 피해 날아가는 것이다. 말이 자신의 꼬리를 거칠게 흔드는 모습과 유연한 제비의 몸놀림을 한순간의 움직임으로 포착한 시각은 훌륭하다. 시키의 사생은 주로 식물을 대상으로 삼았는데, 그가 병상에 있어서 소재가 자연스럽게 제한되었기 때문이었다. 그러나 시키는 건강할 때는 식물이 아닌 동물도 많이 사생했다. 1894년 작품이다.

계절어: 제비(봄)

번개로구나
노송나무만 있는
골짜기 하나

稲妻や桧ばかりの谷ひとつ

이 구를 지은 해는 1895년이다. 이 해에 시키는 종군했지
만 이미 싸움은 끝나 있었다고 한다. 그는 "전쟁이 모두 끝난
다음에 적은[少] 제비로구나(戦ひのあとに少なき燕かな)"라는
구를 남기고 고향으로 가는 배를 탔다. 그 배 안에서 처음으
로 각혈을 했다. 암녹색의 삼각형을 포개어 쌓은 듯한 노송나
무 순림(純林)에 갈라져서 골짜기의 하늘은 좁게 보였다. 그
렇지 않아도 어두운데 그 하늘에는 시커먼 소나기구름이 드
리워 있고, 때때로 날카롭게 번개가 번쩍였다. 번개의 한순간
번쩍임에 노송나무의 미늘 창(矛)처럼 뾰족한 모양 하나하나
가 또렷하게 자태를 드러냈다. 이 구는 작가의 마음속에서 시
간을 두고 만들어진 것이 아닐까 하는 생각이 든다. 단순한
구성이지만 "노송나무만 있는 골짜기 하나"는 깊은 자연 관
조에서 우러나오는 표현이다.

계절어: 번개(가을)

감을 먹으면

종이 울리는구나

호오류우지(法隆寺)

柿くへば鐘が鳴るなり法隆寺

하이쿠에 전혀 관심이 없는 사람도 시키의 이 구 정도는 알고 있을 것이다. 그만큼 유명하다. 시키가 1901년에 쓴 〈과일〉이라는 수필에도 쓰여 있듯이 나라(奈良)에는 감이 많았다. 가인(歌人)들이 그다지 관심을 가지지 않았던 감과 이 고도(古都)를 배합한 것이 이 구의 중요한 모티브다. 호오류우지라는 절의 문 앞에는 옛날부터 유명한 찻집이 있었다. 물론 거기에서는 감도 팔았을 것이다. 호오류우지를 구경하고 이 찻집에 들른 시키는 원래 감을 좋아하는 사람이라 감을 사서 먹기 시작했을 것이다. 그때 호오류우지의 종이 울린다. 천하의 호오류우지 종이니 그 울림은 뱃속에까지 여운을 줄 정도였을 것이다. 감이 갖는 서민적인 맛과 호오류우지의 지명도가 서로 어울려 이 구를 유명하게 만들었지만, 분명 즉흥적이고 경묘한 맛이 살아 있다. 하이쿠의 묘미를 갖춘 작품이다.

계절어: 감(가을)

가는 가을에
종 치는 요금을
받으러 오네

行く秋の鍾つき料を取りに來る

　　1896년 작이다. 시키는 이 글을 짓기 전 해부터 요통을 호
소하고 있었다. 이 해에 들어와서부터는 보행이 자유롭지 못
하고 병상에 눕는 일이 많은 나날이 계속되었다. 추측건대 시
키는 누군가에게 '종 치는 요금'이 있다는 얘기를 들은 모양
이다. 시키가 있었던 시키암(子規庵) 근처의 절에서도 종 치
는 명목으로 얼마간의 돈을 징수하고 있었을 것이다. 큰 금액
이 아니어서 지불했지만, 시키는 무척이나 약삭빠른 에도 사
람다운 얘기라고 재미있게 생각했을 수 있다. 늦가을의 공기
는 맑았고, 그날의 종소리는 더 맑게 울려 퍼졌는지도 모른다.

계절어: 가는 가을(가을)

몇 번씩이나
쌓인 눈의 높이를
물어보았네

いくたびも雪の深さを尋ねけり

이 구를 들으면 삶에 대한 탄식의 소리가 들리는 듯하다. 물론 남쪽 지방 출신인 시키에게 눈(雪)은 귀중한 것이며, 또한 완상(玩賞)해야 할 대상이었다. 그러나 시키는 일어나서 바깥의 눈경치를 바라볼 수도 없는 병을 앓고 있었다. 집안사람들이나 제자들이 시키의 몸을 생각해서 좀처럼 장지문을 열어 보여주지도 않았을 것이다. 어쩔 수 없이 시키는 몇 번이고 눈의 높이를 물어보며 뜰에 내려 쌓이는 눈의 양을 상상하고, 그것으로 마음을 위로했을 것이다. 어린애 같은 집요함과 건강을 생각하는 시키의 강한 의지가 읽힌다.

계절어: 눈(겨울)

삼천 수 되는
하이쿠 조사하고
감 두 개로세
三千の俳句を閲し柿二つ

　시키는 교토에 선승(禪僧) 친구가 있었다. 그 친구가 다른 사람에게 부탁해서 뜰 앞의 감을 보내주었다. 이 경위는 하이쿠 작가인 다카하마 교시(橋浜虛子)의 소설《감 두 개》에 잘 나타나 있다. 감은 열몇 개 있었다. 그것을 거의 하루 만에 먹어치웠다. 그 다음 날 하이쿠 선별을 마치고 집안사람에게 감이 더 있느냐고 묻자 그가 겨우 두 개만을 쟁반에 내왔다고 한다. 하이쿠 삼천 수와 감 두 개가 자연스럽게 배합되어 있어, 꾸밈없는 유머가 느껴진다. 감을 좋아한 시키는 그 당시 감을 제재로 한 작품을 많이 남겼다.

계절어: 감(가을)

어느 스님이
달도 안 기다리고
돌아갔노라

ある僧の月も待たずに帰りけり

　일본 신문사 사장 주최로 정치가, 학자 등이 참가한 큰 규
모의 관월회(觀月會)가 개최되었다. 병중의 시키도 초대받아
참석했다. 17일의 밤이었기 때문에 달 뜨는 것이 조금 늦었
다. 거리에 모인 사람 중에는 유명한 사람도, 시키가 아는 사
람도 있었을 것이다. 그러나 시키의 의식에 있는 것은 한 무
명 승려였다. 게다가 그 승려는 달이 뜨기 전에 자리를 뜨고
말았다. 어떤 이유로 그 승려가 이 관월회에 초대받았고 또
어떤 이유로 일찍 돌아가버렸는지는 알 수 없지만, 시키는 그
승려에게 마음을 빼앗겨버려 작은 적요감을 떨쳐버릴 수 없
었다.

계절어: 달(가을)

맨드라미가

열네다섯 송이는

있을 터이다

鷄頭の十四五本もありぬべし

　1900년 작이다. 이 해부터 시키는 병상을 벗어나 걸어 다니는 일이 거의 없었다. 그래서 회상이나 상상을 바탕으로 한 작품이나 겨우 바라볼 수 있는 앞뜰의 수목을 대상으로 한 작품을 지었다. 스무 평 남짓한 뜰에는 대나무나 소나무 외에 싸리, 나팔꽃, 들국화 등이 심어져 있었고, 그 외에 소설가 모리 오가이(森鷗外) 등이 준 씨앗에서 자라난 색비름, 옆집에서 받은 네 송이 맨드라미도 있었다. 맨드라미는 강한 식물이기 때문에 그 뒤에도 계속 자랐다. "열네다섯 송이는 있을 터이다"라는 표현은 대충 세는 듯한 인상을 줄 수도 있지만, 오히려 이러한 표현이 맨드라미의 모습을 더 본질적으로 말한다. 시키의 걸작이라고 평가받는 작품이다. 뜰의 맨드라미를 직접 보고 쓴 것인지 아니면 상상하고 쓴 것인지는 알 수 없지만, 열네다섯 송이라는 단정은 작가의 순수한 판단이고, 바로 그 순수한 판단이 이 구를 지탱하고 있다. 다시 말해서 이 맨드라미 구에는 시키의 독자적인 세계가 담겨 있고, 그것이 또한 맨드라미 본래의 모습이기도 하기 때문에, 독자들은 감탄하게 되는 것이다.

계절어: 맨드라미(가을)

살아 있는 눈을
쪼러 오는 것일까
파리의 소리

活きた目をつつきにくるか蠅の声

　환자가 되어보면 파리처럼 끈질기고 시끄러운 존재는 없
다. 병으로 인한 체취가 파리를 끌어당기는 것이다. 부자유스
러운 몸으로는 파리 쫓는 일을 제대로 할 수 없다. 파리는 마
치 시키가 심각한 병에 걸렸다는 것을 알고 있는 것처럼 그의
얼굴에도 앉고 그의 눈(目)을 쪼려고 날아오기도 한다. 이 구
는 작가의 비통한 절규에 가깝다. 신음 소리와도 닮은 파리의
날개 소리에 겨우 눈을 깜박거리며 아직 살아 있다고 저항해
보이는 작가의 모습에서 처참한 느낌마저 든다. 마지막의 "파
리의 소리"는 처음에 '파리가 난다(蠅の飛ぶ)'로 썼다가 고친
것이라고 한다. '파리가 난다'는 시각이 강한 표현이지만 "파
리의 소리"는 전신이 예민하게 경계하고 있는 느낌이 강하다.

계절어: 파리(여름)

빨간 사과와

파란 사과가 탁자

위에 놓였네

赤き林檎青き林檎や卓の上

　테이블 위에 사과가 놓여 있다. 하나는 빨강, 또 하나는 파랑. 이 색의 대비가 독자들에게 마치 그림 속의 풍경과 같은 효과를 전해준다. 색채에 민감한 것은 시키 작품의 특색인데, 특히 이 무렵(1900)에는 그가 직접 그림을 그려보았기에 이러한 구를 적었을 것이다.

계절어: 사과(여름)

인력거 타고
숲으로 기어간다
매미 떼 울고

人力の森に這い入るや蝉時雨

　인력거를 타고 계속 여행을 한다. 길이 다해 숲으로 들어간다. 그 순간 쏟아져 내릴 것 같은 매미의 울음소리가 들린다. 원문의 '시구레(時雨)'는 원래 '늦가을에서 초겨울에 걸쳐 오는 한 차례 지나가는 비'를 가리키는 말인데, 여기에서는 많은 벌레가 일제히 우는 것을 시구레에 비유했다. 시키는 들판과 숲의 차이를 매미 소리로 표현했다. 인력거를 타고 들판을 갈 때의 속도와 숲에 도착하여 숲을 지날 때의 속도가 완연히 다르다. 구에 나타난 숲의 존재는 매미 소리를 가득히 모아놓은 곳이다. 속도가 달라진 원인을 제공한 것은 매미 소리다. 매미 소리를 잘 듣기 위해서 최대한 속도를 늦추고자 하는 시키의 의지가 "기어간다"에 집약되어 있다. 그래서 숲에 들어가는 순간을 "기어간다"라는 말로 나타낸 것이다. 시키가 여행을 하는 중요한 이유 중의 하나는 바로 자연과의 일체감인 것이다. 매미 소리의 크기와 인력거의 속도는 서로 반비례한다. 어쩌면 시키가 숲으로 들어간 것이 아니라, 매미 소리가 그를 끌어들였는지도 모른다.

계절어: 매미(여름)

끊임없이 사람

쉬었다 가는 여름

들판의 돌 하나

絶えず人いこふ夏野の石一つ

여름 벌판에 돌 하나가 있다. 이 돌까지 와서 나그네들이
약속이라도 한 것처럼 쉬었다 간다. 한 나그네가 쉬었다 가고
또 다른 나그네가 와서 쉰다. 그렇게 사람이 끊이지 않는 돌
을 관찰해낸 시키에게는 사물에 대한 명료한 시선과 남다른
시간 개념이 있는 듯하다.

계절어: 여름 들판(여름)

장작을 패는
여동생 한 사람의
겨울나기여

薪をわるいもうと一人冬籠

시키의 여동생 이름은 리쓰(律)다. 1870년 10월 1일생이라
고 되어 있다. 장작을 패는 것은 남자의 일이지만 글 쓰는 데
마음을 뺏겨 가사를 돌보지 않는 오빠를 대신해서 여동생이
일을 해주는 것이다. 어머니와 시키, 여동생 이렇게 셋이서
겨울을 나고 있는 모습이 그림처럼 묘사되어 있다.

계절어: 겨울나기(겨울)

귤을 깐다
손톱 끝이 노란색
겨울나기여

蜜柑剝く爪先黃なり冬籠

　　역시 겨울나기를 하는 시키의 모습이 그려져 있다. 과일을
좋아하는 자신은 먹고 있을 뿐이다. 문득 귤을 깐 자신의 손
을 들여다보니, 귤의 노란 물이 들어서 손끝이 노랗게 되어
있다. 겨울나기의 단조로운 생활 속에서 발견한 변화가 재미
있다. 작은 부분을 꼼꼼하게 관찰한 사생구의 하나다.

계절어: 겨울나기(겨울)

여윈 말을
요란스레 꾸몄네
새해 첫 짐에

痩馬をかざり立てたる初荷哉

1월 2일이 되면 물건을 파는 가게에서는 그 해의 첫 장사를 한다. 새해 첫 짐을 끄는 말이 무척이나 여위어 있음에도 배두렁이를 입히고 물들인 삼 등으로 장식을 하는 등 나름대로 기분 좋게 꾸며준다. 여윈 것과 요란스러운 것의 조합이 재미있다.

계절어: 새해(겨울)

문을 나서서
열 걸음만 걸어도
넓은 가을 바다

門を出て十歩に秋の海廣し

여행을 계속하는 사람이라고 해서 늘 새로운 눈으로 세상을 바라볼 수는 없지만, 그래도 발걸음 닿는 곳마다 새로운 경관이 펼쳐지는 것을 느낄 수 있다면, 그 사람은 시인의 능력과 자질을 갖춘 것이다. 시키에게서도 그러한 면모가 느껴진다. 문을 나선다. 열 걸음도 안 되어 뜻밖에도 푸른 바다가 눈앞에 펼쳐진다. '이런 바다가 근처에 있으리라고는 생각도 하지 못했는데'하는 의아함과 놀라움이 공존한다. 시계(視界)를 넓혀가는 사생의 흔적이 보이는 듯하다.

계절어: 가을 바다(가을)

수세미 피고
가래가 막아버려
죽은 자인가

糸瓜咲いて痰のつまりし仏かな

1902년 작으로, 시키의 사세(辭世)의 구로 잘 알려져 있다.
가래 때문에 목구멍이 막혀서 말을 할 수가 없는 자신을 읊었
다. 살아 있는 자신을 죽은 자로 보고 있는 것이다. 오랫동안
병상에 누운 몸은 시체와 다를 바 없을 만큼 쇠약해져 있기
에, 시키는 분명 자신이 죽을 날도 짐작하고 있었을 것이다.
자신을 완전히 객관화했다는 점에 사생의 묘미가 있다.

계절어: 수세미(가을)

가래가 한 되
수세미 꽃의 즙도
소용이 없네

痰一斗糸瓜の水も間に合はず

가래가 얼마나 심하기에 한 되(一斗)나 쏟은 것일까. 진해
(鎭咳)를 위해 마시고 있던 수세미 꽃의 즙도 이제는 소용이
없다. "가래가 한 되"는 두보의 칠언고시(七言古詩)인 〈음중
팔선가(吟中八仙歌)〉에 나오는 "이백일두시백편(李白一斗詩
百篇)"(이백은 술 한 말에 시 백 편을 짓는다)이라는 구절에서 차
용한 표현으로 보인다. 그러나 "가래가 한 되"에서는 비통함
속에서도 일말의 유머가 느껴진다.

계절어: 수세미(가을)

그저께 받을

수세미 꽃의 즙도

받지 못하고

をととひの糸瓜の水も取らざりき

이 구는 앞의 두 작품과 함께 시키의 절필삼구(絕筆三句)로
불린다. "그저께 받을 수세미 꽃의 즙"이란 보름날 밤에 받을
수세미 꽃의 즙을 말한다. 보름날 밤에 받은 수세미 꽃의 즙
은 특히 효과가 좋다고 전해진다. 그러나 병이 중해서 그 즙
을 받아놓지 못하고 말았다. 시키의 마음속에는 "그저께"라
는 날이 지나가고 다시는 돌아오지 않을 날로 강하게 각인되
어 있다. '그저께의 수세미 꽃 즙만 있었다면.' 시키는 회한을
갖고 두고두고 이렇게 생각할 것이다. 시키가 죽은 9월 19일
을 '수세미 기(忌)'라고 하는 것은 바로 이 절필삼구에서 유래
한다.

계절어: 수세미(가을)

河 東 碧 梧 桐

가와히가시 헤키고토

빨간 동백이
하얀 동백과 함께
떨어졌구나

赤い椿白い椿と落ちにけり

작품 속의 공간이 동백으로 유명한 정원인지 혹은 동백을 재배하고 있는 곳인지 그것은 알 수 없다. 아무튼 많은 동백이 흐드러지게 피어 있다. 한 그루에 몇 종류나 되는 꽃이 피는 나무도 있다고 하지만 이 구의 경우는 그런 나무가 아니다. 빨간 동백 아래에는 빨간 꽃이, 하얀 동백 아래에는 하얀 꽃이, 또 어떤 곳에서는 두 빛깔의 동백이 서로 섞여서 떨어진다. 동백의 특징은 낙화에 있다. 마치 목이 떨어져 나가듯이 '똑' 하고 한 송이가 그대로 떨어지기 때문에 무가(武家)에서는 불길하게 여겨 심지 않았다고 한다. "빨간 동백이 하얀 동백과 함께"라는 단정적 표현은 읽는 이에게 강한 인상을 준다. 이 구는 특히 이러한 명료한 인상으로 높이 평가받는 작품이다.

계절어: 동백(봄)

봄날은 춥고
수전(水田) 위에 비치는
조각구름아

春寒し水田の上の根なし雲

논은 겨울 동안 쉬고 있다. 갈수기(渴水期)에는 고동빛을 드러낸다. 그러나 지금은 산의 눈들이 녹아내려 물을 그득히 채운 수전이 되어버렸다. 대지의 자연들은 서서히 봄의 빛깔로 바뀌어가고 있지만 추위가 갑작스레 다시 찾아오는 날이 있다. 그러한 날에는 바람이 거칠게 불고 조각구름이 하늘을 날며 지나간다. 수전의 수면에 비쳐 수면 위를 흘러가는 것처럼 보이는 조각구름을 '네나시구사(根なし草: 부평초)'를 모방하여 '네나시구모(根なし雲: 조각구름)'라고 표현한 것에서 무상함이 배어난다. '이 구는 헤키고토의 생애를 암시하고 있는 것 같다'라는 평도 있다. 물론 완전히 사생의 구로 음미해보아도 그 청신한 감각은 뛰어나다.

계절어: 봄날은 춥고(봄)

낙엽송은
쓸쓸한 나무로다
고추잠자리

から松は淋しき木なり赤蜻蛉
　　　　　　　　　(とんぼ)

　낙엽송은 일본어로 가라마쓰(唐松)라고 한다. 낙엽송이라
고 부르는 것은 침엽수지만 겨울에는 잎이 떨어지기 때문이
다. 이 구와 닮은 것으로 일본 근대 문학을 대표하는 시인 기
타하라 하쿠슈(北原白秋)의 〈낙엽송〉이라는 시가 있다. "낙엽
송 숲을 지나 낙엽송 숲을 바라본다 낙엽송 숲은 쓸쓸하였노
라 나그네 길은 쓸쓸하였노라(からまつの林を過ぎて、かまつを
しみじみと見き。かまつはさびしかりけり。たびゆくはさびしかりけ
り)"로 시작되는 8연의 시다. 낙엽송을 쓸쓸한 나무라고 단정
한 점도 같고, 고추잠자리도 학슈의 시가 갖는 정취에 대립되
는 것이 아니다. 〈낙엽송〉은 너무나 유명하다. 그러나 이 시보
다 20년이나 앞서서 헤키고토의 이 구가 있었다는 사실에 주
목할 필요가 있다. 노랗게 물든 낙엽송 위를 빨간 고추잠자리
가 흘러가듯이 날아가는 정경은 흔히 볼 수 있지만, "낙엽송
은 쓸쓸한 나무로다"라고 하는 주정적(主情的) 단정은 당시
로서는 새로운 표현으로 주목받았던 것이다.

계절어: 고추잠자리(가을)

하늘을 집은

게가 죽어 있구나

뭉게구름아

空^{くう}をはさむ蟹^{かに}死にをるや雲の峰

　원문의 '구모노미네(雲の峰)'는 여름 하늘에 봉우리처럼 솟아오른 적란운(積亂雲)을 가리키는 말이다. 앞의 구와는 완전히 경향을 달리하는 것으로, 마치 추상화를 보는 듯한 대담한 구도를 펼쳐 보인다. 원경에 거대한 뭉게구름, 중경에 바다, 근경에 집게발을 높이 든 채 죽어 있는 게가 있다. 그것은 피서 때 본 해변에 대한 추억일까. 그렇지 않으면 바다가 연주하는 여름을 향한 슬픈 노래일까. "하늘을 집은"이라는 표현이 당시의 감상자들의 눈을 놀라게 했을 것이다.

계절어: 뭉게구름(여름)

높은 산에서
내려와서 낮에는
초밥을 먹고
高根より下りて日高し鮓の宿

헤키고토는 여행을 좋아하고 등산도 해봤다. 이런 경험과
관련된 하이쿠로는 산을 오르기 전이나 산을 내려오고 나서
의 작품이 많다. 이 구도 높은 봉우리에서 일출을 보기 위하
여 야간 등반을 한 뒤 해가 중천에 떠 있을 때 하산해 산기슭
의 숙소에서 초밥을 먹는 장면을 담았다. 산을 등반한 후에
먹는 초밥은 깔끔한 맛이다. 구 전체에서 남성적인 상쾌함이
느껴진다.

계절어: 초밥(여름)

젊을 때의 벗

생각하면 은행잎

떨어지누나

會下の友想へば銀杏黃落す

　이 구는 상징성을 보이고 있다. 이 점은 그때까지의 직접
서술 형태의 표현에 비해 볼 때 신경향 하이쿠의 특징으로 꼽
을 수 있다. 원문 맨 처음에 나오는 '에카(會下)'라는 것은 원
래 선종 등의 학료(學寮: 절에서 승려들이 수학하는 곳)에서 젊
은 승려들이 설법 집회를 열어 수행하는 것을 말한다. 그러나
여기서는 '젊은 시절에 함께 공부했던 동료'라는 의미로 사용
되었다고 볼 수 있다. 노란 은행잎이 자꾸만 떨어진다. 그런
분위기 속에서 옛날의 벗을 그리워하고 있는 것이다. 저녁 해
를 받으며 팔랑팔랑 떨어지는 은행잎과 그 친구, 거기에는 공
통된 무언가가 있었던 것일까.

계절어: 은행잎(가을)

생각지 않은

병아리 태어났네

겨울의 장미

思はずもヒヨコ生れぬ冬薔薇
　　　　　　　　　　　そうび

　이 작품은 헤키고토의 대표작 중 하나다. 겨울의 장미와 병
아리의 조합은 의외의 것으로 받아들여진다. 하지만 밝고 자
연스럽다. 오랫동안 암탉이 품고 있었던 알을 바라보며 '이제
안 되겠구나' 하고 생각하고 있는데, 뜻밖에도 겨울이 한창일
때 병아리가 태어난 것을 두고 겨울의 장미로 표현한 데서 신
선미가 느껴진다. 한번 읽으면 좀처럼 잊히지 않는 구다. 색채
도 인상적이고, 겨울 장미의 배후에 펼쳐진 겨울 하늘도 상상
이 된다. 그런 분위기는 막 태어난 병아리를 축복하는 듯하다.

계절어: 겨울의 장미(겨울)

◆

열일곱 자에 담긴
일본인의 서정과 사계(四季)

◆

이 인터뷰는 유옥희,《바쇼 하이쿠의 세계》(보고사, 2002); 이모토 노이치(井本農一) 외 엮음,《바쇼(芭蕉)》(東京: 角川書店, 1975); 시미즈 다카유키(清水孝之)·구리야마 리이치(栗山理一) 엮음,《부손·잇사(蕪村·一茶)》(東京: 角川書店, 1976); 마쓰이 도시히코(松井利彦) 외 주석,《마사오카 시키 작품집(正岡子規集)》(東京: 角川書店, 1972); 마쓰이 도시히코(松井利彦) 외 주석,《근대 하이쿠집(近代俳句集)》(東京: 角川書店, 1974); 미즈하라 슈오시(水原秋櫻子) 엮음,《하이쿠 감상 사전(俳句鑑賞辭典)》(東京: 東京堂出版, 1968); 아바에 다카오(饗庭孝男) 외 엮음,《신편 일본문학사(新編日本文學史)》(東京: 第一學習社, 1969; 개정판 2003)를 참고하여 옮긴이가 가상으로 구성한 것이다.

대담 참여자:

마쓰오 바쇼(1644~1694), **요사 부손**(1716~1783),

고바야시 잇사(1763~1827), **마사오카 시키**(1867~1902),

가와히가시 헤키고토(1873~1937), **오석륜**(1963~)

오석륜_ 안녕하십니까. 오늘은 참 뜻깊은 날입니다. 일본 문학사에서 근세와 근대를 대표하는 하이쿠 시인 다섯 분을 모시고, 하이쿠를 알고 싶어 하는 한국의 독자들에게 하이쿠의 세계를 알리고 또 하이쿠의 깊이를 알아보는 시간을 갖게 되었으니 말입니다. 선생님들은 이미 이 세상을 떠났고 또한 그 후 오랜 시간이 흘렀지만, 선생님들이 남긴 하이쿠는 시간을 초월하여 현재를 살아가는 일본인들의 가슴속에서 원래의 모습을 간직한 채 살아 움직이고 있습니다. 또한 현대를 살아가는 사람들에게 회자되고 생활 속에서 인용되며 고전의 역할을 하고 있는 것 같습니다. 그뿐 아니라 세계적으로는 '이 지상에 존재하는 가장 짧은 시'로서 세계인들의 사랑을 받고 있습니다. 그리고 이러한 하이쿠 사랑은 앞으로도 계속되리라 생각됩니다. 그러한 의미에서, 선생님들이 남긴 하이쿠는 일본의 세계적인 문화유산으로 손꼽힐 만하다고 하겠습니다.

우선 한국 독자들에게 하이쿠가 무엇인지에 대해 간단히 설명하고 나서, 개인의 작품 세계로 들어가기로 하겠습니다. 이에 대해서는 먼저 하이쿠라는 말을 처음으로 사용하신 마사오카 시키 선생님께서 말씀해주시면 어떨까요?

시키_ 안녕하세요. 마사오카 시키입니다. 예, 그렇습니다, 제가 처음으로 하이쿠라는 말을 썼지요. 하이쿠는 5·7·5의 17자로만 구성된 참으로 짧은 시입니다. 하이쿠의 유래를 알기 위해서는 일본의 운문 문학을 구성하는 와카(和歌), 렌가(連歌) 등에 대해서도 이해할 필요가 있습니다.

와카란 말 그대로 일본의 노래라는 뜻이지요. 5·7·5·7·7의 31자로 구성됩니다. 일본의 운문 문학 중에서 《만요슈(萬葉集)》라는 것을 들어보셨지요? 8세기 후반의 것입니다. 오랜 역사를 자랑하는 만큼 일본인들에게는 대단히 긍지 높은 문화유산으로 남아 있습니다. 여기에는 약 4,500수의 노래가 들어 있습니다. 이중 약 8할 이상이 5·7·5·7·7의 31자로 구성되어 있습니다. 그러니까 이 글자 수는 오랜 역사를 가진 일본 고유의 노래 형식인 셈입니다. 《만요슈》 전후의 동북아시아로 눈을 돌려보면, 중국에는 당나라(618~907)가 있었고, 한반도에는 통일신라(673~935)가 있었습니다. 일본에서는 헤이안 시대(794~1192)가 시작되었습니다. 그 당시 일본에는 귀족 시대라고 불릴 만큼 당나라 문화를 존중하는 풍조가 있었지요. 그래서 한시(漢詩)가 유행했고요. 그러다가 9세기 후반에 가나 문자가 보급되고 또한 일본의 국풍 문화에 대한 관심이 고조되면서 와카가 성행하게 됩니다. 와카가 부흥한 것이지요. 중세인 가마쿠라 시대(1192~1603)에 들어와서도 와카는 장려되고 더 성행하게 됩니다. 사이교(西行)나 도시나리(俊成) 같은 가인(歌人)들이 그때 활약한 사람들입니다.

오석륜_ 그럼 렌가는 언제 생긴 건가요? 와카하고 어떤 관련이 있습니까?

시키_ 렌가는 와카의 앞 구(前句), 그러니까 5·7·5를 가리키죠. 이것과 아래의 구(付句)인 7·7에 구를 붙이는 것인데, 한 사람이 5·7·5를 부르면 다른 사람이 7·7로 화답하는 형식에서 발단하게 된 것이지요. 그러니까 앞의 구와 아래의 구를 교대로 서로 부르는 거죠. 그러다가 나중에 이런 구를 100구나 만들어갔습니다. 여러 명이 모여서 하는 경우도 있었지요. 이것은 당시 무인들이 선호하는 형식이었는데, 아래의 구를 지을 때는 앞 구와의 조화를 생각했고, 또한 그 조화의 묘미를 즐겼던 거죠. 차원 높은 사고(思考)의 유희라 할 수 있습니다. 렌가도 와카와 마찬가지로 우미(優美)의 정서를 추구했습니다. 중세 중기가 되면 와카를 압도하며 유행하게 됩니다.

오석륜_ 그럼 하이카이(俳諧)라는 것은 무엇인지요?

시키_ 렌가가 쇠퇴하고, 그것을 대신해 자유분방하고 골계비속(滑稽卑俗)한 내용을 다루는 하이카이렌가가 유행하고, 그러다가 근세(1603~1868)로 넘어가면서 그것이 하이카이

일
본
하
이
쿠
선
집

171

로 발전하게 됩니다. 근세에는 초닌(町人)이라는 계층이 문학의 주요 계층으로 등장합니다. 초닌은 경제력을 가진 상인이나 서민을 일컫습니다. 하이카이는 상인이나 서민들의 기지, 골계, 웃음, 해학 등을 자유분방하게 그려냅니다. 고전에 대한 깊은 지식이 없는 사람들이 즐겁게 말장난을 하는 식이었지요. 그것이 바로 하이카이입니다. 와카나 렌가가 우미의 정서를 추구했다면, 하이카이는 일상어 등을 자유롭게 쓰며 말장난을 즐겼지요. 이러한 하이카이는 어땠겠습니까? 문학성을 기대할 수 없었지요. 이는 바로 바쇼 선생님의 하이쿠가 등장하는 배경이 되었습니다.

그리고 한국 독자들이 하이쿠를 이해하는 데 꼭 필요한 것 두 가지만 얘기하지요. 하나는 하이쿠에는 계절을 상징하는 계절어(季節語)가 있어야 한다는 것이고, 또 하나는 기레지(切字)입니다. 시를 한꺼번에 읽어 내려가다 보면 의미 전달이 쉽지 않을 수 있는데, 그때 필요한 것이 기레지이지요. 그러니까 5·7·5의 어느 한 단락에서 끊어주는 것이 필요하다는 얘기입니다. 아시다시피 시는 영탄이나 여운을 필요로 합니다. 하이쿠를 읽다 보면, 감동이나 기쁨과 의문을 나타내는 '~여, ~이여'(~や), 가벼운 놀라움을 나타내는 '~로세, ~로다'(~かな), 단정적인 생각을 표현하는 '~구나'(~けり) 같은 글자를 발견할 겁니다. 그것이 '기레지'라고 생각하면 됩니다.

하이쿠의 가장 큰 매력은 무엇보다도 변화하는 사계절을 소재로 자연·동물과 인간의 교감, 때로는 지나간 시간과의 교감을 표현한다는 것입니다. 거기에 감동이 동반됩니다. 하이쿠는 서정시입니다. 불과 열일곱 자에 서정이나 계절이 펼쳐져 있는 셈이죠.

오석륜_ 일본의 하이쿠는 운문 문학과 궤를 같이하면서 와카→렌가→하이카이→하이쿠의 역사적 변천을 거쳤다고 정리할 수 있겠군요.

해학과 말장난으로 일관했던 초기 하이쿠 풍조를 반성하고, 자연시라는 말을 붙여도 좋을 만큼 하이쿠의 위상을 높인 인물이 바쇼 선생님이라고 생각합니다. 선생님은 하이쿠를 일본 대중시의 영역으로까지 발전시켰다는 점에서 일본 문학사에서도 높은 비중을 차지한다고 봅니다.

그럼 본격적으로 하이쿠 얘기로 들어가지요. 이번에 한국에 소개되는 하이쿠 시인 중에서 가장 연장자이고, 일본 문학사에서 하이쿠의 성인이라는 뜻의 하이세이(俳聖)라고 일컬어지는 마쓰오 바쇼 선생님께 여쭙겠습니다. 이번에 한국에 다섯 분의 작품이 소개되는데, 우선 그 의의에 대해서 말씀해 주시겠습니까?

바쇼_ 먼저, 일본 시를 전공한 오석륜 선생의 번역으로 일본의 하이쿠 세계를 한국의 독자들에게 알릴 수 있게 되어 기쁘게 생각합니다. 이번 하이쿠 선집에서는 무엇보다, 앞서 한국에 소개된 하이쿠들과의 차별화가 눈에 띕니다. 제가 알기로 한국에서는 하이쿠 시인 한 개인의 작품을 소개하는 경우가 세 차례 있었습니다. 그런데 이번에는 근세와 근대를 대표하는 하이쿠 시인들을 망라해 작품을 싣고 독자들이 이해하기 쉽게 설명을 붙였습니다. 그런 만큼 일본 하이쿠의 역사와 특징들이 한국 독자들에게 고스란히 전해지는 느낌입니다. 다시 말해서, 과거에 한국에서 저와 부손의 작품들이 번역되는 데 그쳤다면, 이번 출판은 잇사와 시키, 헤키고토의 작품까지 범위를 확대함으로써 특정 하이쿠 시인을 소개하는 차원을 넘어 일본 운문 문학을 알리는 데 일조했다고 봅니다. 하이쿠를 이해하는 것은 일본 문학의 한 장르를 이해하는 것일 뿐만 아니라, 일본 문학의 특징과 일본 운문 문학의 뿌리에 대한 이해에 접근하는 것이기도 하니까요. 그러한 이해는 곧 일본과 한국 두 나라의 문학이 갖는 공통점과 차이점을 찾는 데도 도움이 되리라 생각합니다.

오석륜_ 바쇼 선생님, 말씀 고맙습니다. 그런데 독자들은 하이쿠 작품만으로는 의미나 시정을 이해하기가 쉽지 않습니다. 왜 그럴까요?

바쇼_ 문학 작품을 읽는 데 작가에 대한 전기적 지식은 필요하지 않다고 하는 의견이 있습니다만, 저는 작가의 전기를 앎으로써 고전을 보다 깊게 이해할 수 있으리라 생각합니다. 특히 제 작품의 경우는 작품과 실생활이 서로 분리되어 있는 것이 아니라 밀착해 있습니다. 제 삶을 아는 독자는 제 작품을 이해하고 감상하는 데도 뛰어날 것입니다. 하이쿠를 이해하려면 이런 시각이 필요합니다. 현대 일본의 문학 연구자들의 연구 방법론이 이러한 틀에 매여 있는 것만 봐도 작가의 전기적 사실에 대한 이해가 중요함을 알 수 있습니다.

오석륜_ 그럼 선생님 외의 다른 네 분의 작품 세계를 이해할 때도 그와 같은 방법이 필요할까요?

바쇼_ 그렇게 보셔야 됩니다. 그러한 접근 방법은 곧 '문학은 생활의 반영이고, 시대의 반영'이라는 시각과 무관하지 않습니다. 저의 작품을 통해서는 제 개인의 역사뿐 아니라, 17세기 후반의 일본의 시대상도 느낄 수 있을 겁니다. 또한 저의 작품은 다른 후배 하이쿠 시인들의 작품 세계를 이해하는 데도 중요한 열쇠가 되기도 할 겁니다.

오석륜_ 지금 말씀하신 것을 참고로 해서 선생님의 작품을 들여다보면 선생님께서는 작품과 삶을 분리하지 않고 일상의 삶에서 조화의 아름다움을 찾고 있다는 느낌을 받게 됩니다. 예컨대 제가 이번에 번역한 작품 중에서, "삭은 치아에/ 어쩌다가 씹힌다/ 김 속의 모래"와 같은 구는 나이가 들어서 치아가 약해졌을 때의 선생님의 심리 상태와 김 속의 모래가 조화를 이루어 독자들에게 주는 메시지가 남다릅니다. 또한 "오징어 장수/ 목소리 헷갈리는/ 두견새 울음"과 같은 구는 당시를 살아가는 서민들의 냄새와 인간과 자연의 교감을 자연스럽게 전해줍니다.

바쇼_ 좋은 지적을 해주셨어요. 그와 관련하여 덧붙인다면 저는 떠돌이 생활, 방랑 생활에 지쳐서 보통의 사람들이 갖는 가정을 그리워하고, 가족들의 따뜻한 정을 늘 기억하고 싶어 했던 사람입니다. 그래서 제 작품들 속에는 저 자신에 대한 연민과 인간적인 고독감이 담겨 있기도 하지요.

오석륜_ 선생님의 "아빠 엄마가/ 자꾸자꾸 그리운/ 꿩 우는 소리"와 "가을은 깊고/ 이웃은 무얼 하는/ 사람들일까", 그리고 "오두막집도/ 주인이 바뀌는 때/ 히나 인형 집" 같은 하이쿠에서 느껴지는 감회가 특히 그러합니다. 선생님의 하이쿠는 서민의 숨결이 살아 있으면서도 높은 예술적 완성도를 갖추었기 때문에 빛을 발합니다. 또한 선생님께서는 자연과의 일체를 추구하고 시심(詩心)을 닦기 위해 여행을 많이 다니셨습니다. 그런 의미에서 1689년의 '오쿠노 호소미치' 여행은 뜻깊은 경험이었으리라고 생각합니다. 이에 관해서는 후배이신 헤키고토 선생님께서 말씀해주시면 어떨까요?

헤키고토_ 아무래도 후학의 평가가 객관적일 수 있다고 판단하여 오 선생이 저에게 그 역할을 주신 것 같군요. 바쇼 선생님의 오쿠노 호소미치 여행은 바쇼풍, 이른바 쇼후(蕉風)의 완성을 나타낸 것으로 명성이 높습니다. 그때 선생님은 이 여행의 기록인《오쿠노 호소미치(奥の細道)》에서 '만물은 유전하며, 시간은 걸음을 멈추지 않는 나그네다. 인생도 여행이다'라는 생각을 나타내 보이셨습니다. 선생님의 이러한 세계

관이나 인생관을 엿보게 하는 격조 높은 문장인 서두는 지금도 후학들에게 자주 읽힙니다. 한번 인용해보겠습니다. "세월은 영원한 나그네이고, 왔다가 가고, 갔다가 오는 해(年)도 또한 나그네다. 배 위에서 일생을 보내는 사람도, 말을 끌며 늙어가는 사람도, 나날이 여행이고, 여행 그 자체가 마지막 거처가 되어버린다."

오석륜_ 이 여행 후에 바쇼 선생님의 예술이 완성되었고, 바쇼 선생님의 하이쿠 문학에서 일본 고전 문학의 이념 중 사비(さび), 시오리(しをり), 호소미(細み)의 이념이 수립되었다고 일본 문학사는 기록하고 있습니다. 이에 대해서도 한국 독자들에게 들려주시죠.

헤키고토_ '사비'는 바쇼 하이카이의 근본 이념입니다. 일본의 중세 시대에는 은자적(隱者的) 개념의 문학이 주된 흐름을 형성했지요. 사비는 이런 흐름 속에서 한적고담(閑寂枯淡)의 색깔로 화려한 아름다움을 억제함으로써, 한층 더 깊은 맛을 자아내고자 한 미의식이라고 설명할 수 있을 것입니다. '시오리'는 거친 것이라도 부드럽게, 큰 느낌의 것이라도 가늘고 유연하고 가지런하게 갖춘 구의 모습이라고 생각하면 될 겁니다. '호소미'는 섬세한 감정으로 대상을 포착하는 것입니다. 내적으로 깊이 파고 들어간 상태를 말하죠. 사비, 시오리, 호소미 이 세 가지 이념은 앞서 얘기한 대로 중세의 은자적 개념과 하이카이의 통속성이 접목된 것이라고 평가할 수 있습니다.

오석륜_ 한 가지 이념이 더 덧붙여져야 할 것 같은데요. 바쇼 선생님의 만년의 미는 역시 '가루미(輕み)'라는 이념으로 설명되어야 하지 않을까요?

헤키고토_ 그렇죠. 사람의 일상에서 일어나는 희로애락의 감정이나 평범한 것을 고차원적인 시적 아름다움으로 승화시킨 경지를 일컫는 말이 '가루미'라고 할 수 있습니다. 만년의 바쇼 선생님의 작품은 '가루미'로 새롭게 전개되는 양상을 보여줍니다. 바쇼 선생님은 가루미를 새로운 미의 이념으로까지 높였다고 볼 수 있죠.

오석륜_ 이에 대해 좀 더 이야기를 나누었으면 좋겠지만, 시간 관계상 이제 바쇼 선생님 이후의 흐름에 대해서 얘기해봐야 할 것 같습니다. 선생님이 돌아가신 후 하이쿠는 점점 저속해지고 침체되는 경향을 보였습니다. 그러다가 결국 바쇼 선생님이 활약하던 옛날로 돌아가야 한다는 움직임이 일어나게 되는데, 그 중심에 계셨던 분이 바로 부손 선생님입니다. 이 시기 하이쿠의 특색을 '청신한 서정성'과 '탐미적 공상 취미'라는 두 가지로 표현해도 괜찮을 듯싶은데, 이에 대해서는 부손 선생님께서 직접 말씀해주시지요.

부손_ 저는 바쇼 선생님이 세상을 뜨신 지 23년 후에 태어난 사람입니다. 제 하이쿠의 특징을 한마디로 나타낸다는 것이 쉽지는 않겠으나, 제가 화가 출신인 만큼 무엇보다 회화적이고 인상 명료한 객관적 작품이 주를 이룬다고 봐주시면 좋을 것 같습니다. 후세의 하이쿠 연구자들이 제 작품을 낭만적이고 탐미적이라고 평했는데 적절하다고 봅니다. 그것은 다른 하이쿠 작가들과 다르게 제가 일본 고전에서 제재를 얻는 경우가 많다는 점과도 무관하지 않을 겁니다.

오석륜_ 선생님의 그런 특징을 한국 독자들에게 소개하고자 저도 그런 유의 작품을 여럿 골라 번역했습니다. "봉래산 가서/ 축제나 한번 하세/ 늘그막의 새해에", "스님 제사의/ 종이 울리는구나/ 골의 얼음마저", "가는 봄이여/ 찬자(撰者)를 원망하는/ 노래의 작자", "자기 이름 대라/ 장대비 오는 조릿대 벌판/ 두견새로세", "남생이 새끼여/ 청회색 숫돌도 모르는/ 맑은 산의 물", "입추로구나/ 백비탕(白沸湯) 향기로운/ 시약원(施藥院)이여", "소오아미(相阿彌)의/ 초저녁 잠 깨우네/ 대문자(大文字)로세", "도바전으로/ 오륙기(五六騎) 서두르는/ 태풍이어라" 등인데, 선생님의 작품 중 참으로 많은 것에서 일본 고전이 깊이 뿌리를 내리고 있음을 감지할 수 있습니다. 또한, "고려의 배가/ 그냥 지나쳐 가는/ 봄 안개로세" 같은 작품은 고려라는 국명이 등장하는 만큼 한국인의 입장에서 특히 흥미가 가는 구이기도 한데, 여기에는 고전 취미를 통해 선생님의 로맨티시즘이 발현되어 있다고 보입니다.

부손_ 적확한 지적입니다. 하나 덧붙일 것은, 단순한 고전 취미라기보다는 한문 서적에 대한 교양이 합쳐지고 어우러진 결과라는 것입니다. 다시 말해서 한문 서적에 대한 교양이 낭만적인 고전 취미가 되어 구로 표출된 것이죠. 또한 "모기의 소리/ 인동꽃 이파리가/ 질 때마다"와 "시원함이여/ 종에서 떠나가는/ 종소리여라" 등의 작품에서는 현실 세계를 떠난 다른 차원의 세계에서 카타르시스를 찾고자 하는 특징이 혹시 느껴지지 않는지요. 즉 그 작품들에서는 주정적(主情的)인 태도가 아니라 주체인 자신이나 대상을 객관화하는 태도가 지배하고 있는 것입니다. 따라서 거기엔 유미적이고 낭만적인 경향이 자리 잡고 있습니다.

오석륜_ 부손 선생님의 경우에 하이쿠와 회화가 내면적으로 불가분의 것이라는 것은 분명해 보입니다. 하이쿠의 역사를 더듬을 때 부손 선생님은 쇼후의 부흥을 이끈 인물, 바쇼를 잇는 제2인자로서의 숙명적 위치를 일찍이 인식한 인물로서 평가될 수 있습니다. 이 점과 관련하여, 부손 선생님을 바쇼 선생님보다 더 높이 평가하신 마사오카 시키 선생님의 말씀을 좀 들어보고 싶습니다.

시키_ 저는 부손이라는 하나의 창조적인 주체 속에서 하이카이와 회화가 밀접하게 일체화되고 상호 깊은 영향을 끼쳤다는 것 자체가 중요하다고 봅니다. 그것은 당시로 보면 신시대의 소산입니다. 그런 의미에서 부손 선생님을 화가라고 단정하거나 하이쿠 시인이라고 단정하는 것은 잘못이라고 생각합니다. 여러분도 아시다시피 저는 하이쿠 작법에 있어서 본 대로 느낀 대로 표현하자는 사생(寫生)의 방법을 주장한 사람입니다. 제가 부손 선생님을 높이 평가한 것은 바로 선생님의 회화적인 작풍을 사생의 관점에서 파악했기 때문입니다. 제가 1899년에 펴낸《하이진 부손(俳人蕪村)》이라는 책도 부손 선생님을 재평가하고 재발견하자는 취지에서 비롯된 것입니다. 아마 그 당시 그러니까 메이지 시대의 사람들은 그 책을 하이쿠계(界)에 결정적인 영향을 끼친 책으로 평가했을 겁니다.

　오석륜_ 시키 선생님께서 주장하신 사생이라는 것은 사물을 객관적으로 명료하게 그리는 것을 가리킵니다. 그 점에서 보면 부손 선생님의 작품에 대한 시키 선생님의 평가는 상당 부분 수긍이 됩니다.

　시키_ 부손 선생님이 활약하셨던 시기 이후를 진단해보죠. 하이카이는 더욱 널리 보급되었지만, 내용 면에서는 특별히 새로운 것 없이 저속해져갔습니다. 그러다가, 근세 후기에 해당하는 19세기 초에 고바야시 잇사 선생님이 등장하게 되지요. 덕분에 또 다른 매력을 풍기는 하이카이가 전개됩니다.

　오석륜_ 잇사 선생님 작품의 특징으로는 사회적 약자에 대한 동정심과 강자에 대한 반항심이 강하게 표현되었다는 점을 들 수 있습니다. 앞의 부손 선생님과는 또 다른 맛을 주는 작품을 보여주시는데, 주관적이고 현실적이라는 것이 후대 평가들의 공통된 평가입니다. 부손 선생님의 작품에 대한 객관적·낭만적·탐미적이라는 평가와는 분명 다른 것이라고 봐야겠지요. 잇사 선생님, 이러한 평가의 배후에는 무엇이 자리 잡고 있는지요?

잇사_ 저는 부손 선생님보다 약 반세기 정도 늦게 태어난 사람입니다. 농민의 아들이고요. 여러 가지 역경을 헤치고 성장한 사람은 그런 작품 경향을 드러내기 쉽죠. 세 살 때 어머니를 여의고 할머니 품에서 자라다가 열네 살 때 할머니마저 돌아가셨고, 이후 계모와의 불화가 한층 더 심해졌습니다. 아버지가 돌아가신 후에는 이복동생과의 유산 다툼을 겪는 등 불행한 시절을 보냈죠. 빈곤과 고독이 저 자신을 감싸고 있었어요. 제 작품의 모티브는 이러한 삶이나 생활과 맞닿아 있습니다. 저는 속어나 방언, 의성어나 의태어 등을 과감하고 자유롭게 구사하며 생활 감정을 솔직하게 읊었습니다. 특히 추한 것이나 비소한 동물들을 제재로 선택하고, 속어나 첩어(疊語: 같은 단어를 겹친 복합어를 말함), 천한 말 등을 다용하고, 의인법이나 대조법 같은 소박한 기법을 활용하는 식으로 작품을 썼지요. 이런 저의 방식은 바쇼나 부손 선생님 작품과의 차별화를 의식한 것이었다고 볼 수도 있습니다. 제 작품이 인간미가 풍부하다거나 따뜻하다는 평가를 받는 것은 그런 감정이 바탕에 깔려 있기 때문입니다.

오석륜_ 선생님은 그 어떤 하이쿠 시인보다 다작하셨습니다. 2만 구 가까운 작품을 쓰셨으니, 바쇼 선생님의 1,000구, 부손 선생님의 3,000구 정도에 비하면 대단한 성과였습니다. 물론 작품성 또한 갖추었기 때문에 오늘날까지 선생님의 작품은 세계에서 두루 사랑을 받고 있습니다. 선생님은 바쇼 선생님을 외경하셨고, 부손 선생님의 유미(唯美)의 세계를 본받고자 노력하기도 하셨습니다. 그런 틀을 바탕으로 선생님 고유의 아름다움이 형성되었다고 보는 것이 타당할 것입니다. 저는 이번에 번역을 하면서 선생님만의 특징이 잘 드러난 작품을 선택하려고 했습니다. 제가 골라 번역한 작품들 중에서 특히 다음과 같은 것들이 선생님 고유의 매력을 풍기는 작품들이 아닐까 생각합니다.

"돈도야키여/ 불꽃 위에 자꾸만/ 눈이 내렸네", "보릿가을아/ 아이를 업은 채로/ 정어리 파네", "눈 흩날리네/ 농담도 하지 않는/ 시나노 하늘", "고아인 나는/ 빛도 내지 못하는/ 반딧불인가", "달아나는구나/ 좀(紙魚)의 무리 중에도/ 부모 자식이", "죽은 엄마여/ 바다를 볼 때마다/ 볼 때마다", "봄비 내리고/ 잡아먹히려고 남은/ 오리가 운다", "때리지 말라/ 파리가 손 비비고/ 발을 비빈다" 등입니다. 이 작품들을 찬찬히 읽어보면 선생님의 생활이나 삶의 경험, 그리고 앞에서 거론했던 특징들이 저절로 우러나오는 듯합니다. 선생님의 작품은 리듬감이 있어 외우기 좋다는 사실 또한 중요한 특징으로 꼽을 수 있을 것입니다.

헤키고토_ 번역자인 오 선생과 잇사 선생님의 말씀 잘 들었습니다. 제 나름대로 잇사 선생님의 작품 세계를 한마디로 요약한다면, 생명 의식으로 가득 찬 시적 에너지의 꾸밈없는 방출입니다. 그것이 잇사 선생님 하이카이의 창조적 특질이라고 할 수 있습니다. 작품의 우열은 별개의 문제죠. 잇사 선생님께서는 골계라고 하는, 하이카이 본래의 뜻을 주제로 삼아 강렬한 변주곡을 도출해냈다고 결론지으면 어떨까요.

오석륜_ 마무리 말씀 고맙습니다. 역시 대표적 하이쿠 시인의 계보를 이은 후배다운 말씀이네요. 이제 시대를 바꾸어 근대로 넘어가볼까요. 시키 선생님의 탄생은 의미가 있어 보입니다. 일본의 역사 기술은 1868년의 메이지 유신을 근대의 시발점으로 보고 있으니, 시키 선생님의 생년인 1867년은 근세에 종말을 고하고 근대에 들어서는 시기를 상징한다고도 볼 수 있겠습니다. 물론 시키 선생님의 등장과 함께 하이쿠 역사에서도 근대가 시작되었죠. 이 시대에 등장한 '하이쿠의 혁신'이라는 것은 구파의 하이카이를 진부한 것이라고 비판하고 순문학으로서의 하이쿠를 찾고자 한 것을 말하죠. 시키 선생님은 이러한 입장의 선두에 서서,《일본(日本)》,《호토토기스(ほととぎす)》라는 두 잡지를 중심으로 하이쿠 혁신 운동을 전개하셨습니다. 앞에서도 언급되었지만, 선생님의 이미지는 무엇보다 사생입니다. 이러한 사생을 표방하신 배경이랄까요, 그에 대해서 좀 말씀해주시죠.

시키_ 하나는, 앞에서도 말씀드린 것처럼, 선배 하이쿠 시인인 요사 부손 선생님의 작품에 경도되어 선생님의 회화적 작풍을 사생의 관점으로 받아들인 것이고, 또 하나는 저의 집 주변에 살았던 나카무라 후세쓰(中村不折)라는 화가의 영향이라고 생각합니다. 그는 프랑스에서 직접 회화를 배우고 온 사람인데, 저는 직접 눈에 보이는 현상을 관찰하여 그림으로 옮기는 서양의 회화법을 그에게 배웠습니다. 저는 이러한 회화적 방식을 하이쿠 작법에 접목시키려고 했습니다.

오석륜_ 말씀을 듣고 보니 선생님께서는 하이쿠와 회화를 근본적으로는 동일한 예술로 보고 계신 듯한데, 과연 선생님의 작품을 보면 회화적 감각이 그대로 반영되어 있음을 알 수 있습니다. 이번에 제가 번역한 선생님의 작품 중에서 그러한 사생구로서의 매력을 느낄 수 있는 작품으로는 "유채꽃이네/ 확 번져가는 밝은/ 변두리 동네", "빨간 사과와/ 파란 사과가 탁자/ 위에 놓였네", "장작을 패는/ 여동생 한 사람의/ 겨울나기여", "귤을 깐다/ 손톱 끝이 노란색/ 겨울나기여", "문을 나서서/ 열 걸음만 걸어도/ 넓은 가을 바다" 등을 들 수 있을 것 같습니다.

헤키고토_ 인간이 살아가며 자연을 느끼고 표현함에 있어서 사생은 중요한 표현 방법임에 틀림없습니다. 제 스승이신 시키 선생님의 깊은 감정을 사생의 표현으로 접할 수 있다는 것은 독자들에게는 행복이죠. 우리는 사생이 단순한 관찰에 의해 획득되는 것이 아니라 내적인 자기 억제의 결과물이라는 사실을 알아야 합니다. 사생의 하이쿠가 높이 평가받으려면 작가의 내적 세계가 짧은 시형에 고스란히 녹아 있어야 하지요. 그럴 때 사생의 표현은 효과를 발휘하는 것입니다. 우리는 여기서 시키 선생님이 병마와 싸우면서 쓸쓸한 내면을 대상에 담아냈던 작품을 떠올릴 필요가 있습니다. 오 선생이 번역한 작품 중에서 굳이 고른다면 "몇 번씩이나/ 쌓인 눈의 높이를/ 물어보았네", "살아 있는 눈을/ 쪼러 오는 것일까/ 파리의 소리" 같은 작품이 그러한 예에 해당합니다. 시키 선생님이 돌아가시기 전에 남긴 절필삼구(絶筆三句) "수세미 피고/ 가래가 막아버려/ 죽은 자인가", "가래가 한 되/ 수세미 꽃의 즙도/ 소용이 없네", "그저께 받을/ 수세미 꽃의 즙도/ 받지 못하고"에서는 선생님의 절박한 심장 소리가 들려오는 듯합니다. 자신의 죽음을 사물을 빌려와 기록하는 듯한 양식에서 저는 선생님의 진정한 사생법의 정신을 배웠다고 생각합니다. 더 주옥 같은 작품을 남기실 수 있었을 텐데, 선생님이 사신 36년은 너무나 짧은 세월이었어요.

오석륜_ 하이쿠라는 용어를 정착시킨 분이 시키 선생님입니다. 선생님의 사생은 이후 하이쿠뿐만 아니라 단가나 산문에도 영향을 끼쳤다는 점에서 문학적 의의를 얻을 수 있을 겁니다. 그 영향을 받은 분이 지금 여기 계시는 다섯 분의 하이쿠 시인 중에서 가장 후배가 되는 헤키고토 선생님입니다.

시키 선생님 사후에 하이단(俳壇)을 이끄신 분인데, 선생님께서 적극적으로 펼치신 '신경향 하이쿠 운동'에 대해 말씀해주시죠.

헤키고토_ 저는 선생님의 제자인 하이쿠 시인 다카하마 교시(高濱虛子)와 좋지 못한 관계를 가졌던 것이 사실입니다. 저는 교시가 보수적 전통의 하이쿠를 존중한 것을 비판했죠. 그리고 《호토토기스》를 떠났습니다. 저는 새로운 하이쿠 스타일을 찾았고, 종래의 사실주의적인 태도를 철저하게 지키면서도 계절이나 정형(定型)에 사로잡히지 않는, 또한 삶에서 일어나는 일에 대해 진지하게 생각하는 하이쿠를 전개했죠. 인위성을 배제하려고도 했습니다. 이것을 후세의 평자들이 '신경향 하이쿠 운동'이라 명명했습니다.

오석륜_ 그런 경향의 작품을 제가 번역한 것 중에서 찾아본다면, "젊을 때의 벗/ 생각하면 은행잎/ 떨어지누나"를 들 수 있겠군요. 떨어지는 노란 은행잎을 보면서 옛날의 벗을 그리워한다는 의미이니까, 직접적 서술 형태와는 조금 다른 상징성이 느껴집니다. 또한 사생에서 벗어나 경험이나 실감(實感)을 그려낸 작품으로, "높은 산에서/ 내려와서 낮에는/ 초밥을 먹고", "생각지 않은/ 병아리 태어났네/ 겨울의 장미" 등을 들 수 있을 것 같습니다. 물론 선생님의 작품에는 사생을 나타내는 것도 있지요. 예컨대, 제가 번역한 "빨간 동백이/ 하얀 동백과 함께/ 떨어졌구나"는 한번 읽으면 오래 기억될 것 같은 사생의 작품으로 평가되어야 할 듯합니다. "봄날은 춥고/ 수전 위에 비치는/ 조각구름아"도 사생의 작품으로 음미해도 괜찮을 듯싶고요.

그러나 《호토토기스》를 주재한 다카하마 교시가 하이단에 복귀해서 종래의 계절어의 존재와 정형을 주장하자, 많은 하이쿠 시인들이 헤키고토 선생님을 떠나 쇼와(昭和) 시대(1926~1989)까지 일대 세력을 구축해갔던 것을 기억하실 겁니다. 하이쿠의 내용이나 표현 방법, 그리고 17음 형식의 파괴를 시도했다는 점에서 선생님은 새로운 것을 추구하고자 하는 끝없는 욕구를 지닌 시인으로 평가할 만합니다. 그 무한한 도전 의지로 미루어 보아 선생님은, 제 개인적 생각으로는, 자유 시인으로서의 충분한 자질을 갖추신 분입니다.

다이쇼(大正) 시대(1912~1926)에 들어와서 몇몇 후배들이 이 경향을 추진했는데, 특히 오기와라 세이센스이(荻原井泉水) 같은 사람은 무계자유율(無季自由律)을 창시하기도 했죠. 그것은 5·7·5를 기본으로 하는 17음 정형에서 벗어난 자유로운 율조와 계절어의 구속에서 벗어날 것과 구어의 사용을 주장합니다. 인상·상징적 하이쿠는 세이센스이의 제자들인 오자키 호사이(尾崎放哉) 같은 사람들에게로 이어졌지요. 물론 쇼와 시대에도 《호토토기스》파가 하이단의 주류를 이루었지만 신흥 하이쿠 운동의 맥은 끊어지지 않았습니다.

헤키고토_ 시간이 많이 지났습니다. 오늘 다카하마 교시가 이 자리에 없다는 것이 조금 아쉽군요. 다음 기회로 미루지요. 한국인인 오 선생과 일본의 하이쿠에 대해 이렇게 폭넓게 이야기를 나누었다는 것에 의미를 둘 수 있을 것 같습니다.

오석륜_ 그렇게 평가해주셔서 감사합니다. 일본 운문 문학을 공부하는 사람인 저에게 이번 작업은 일본 근·현대 시의 뿌리를 이해하는 데 많은 도움이 됐습니다. 가끔 '문학의 세계화'라는 말을 듣게 됩니다만, 일본 문학 세계화의 대표주자로 거론될 만한 것은 역시 하이쿠입니다. 일본에서 하이쿠 애호가가 무려 1,000만 명에 이른다는 얘기도 있습니다. 그중 하이쿠 관련 잡지에 글을 발표하는 사람도 3,000여 명에 이른다고 하니, 일본인의 하이쿠 사랑은 남다릅니다. 미국의 《뉴욕 타임스》가 하이쿠를 공모한다는 얘기도 있고, 세계 전역에 하이쿠 동호회가 퍼져 있다는 얘기도 있습니다. 그렇게 보면 하이쿠의 생명력은 시대와 세대와 지역의 경계를 무너뜨릴 만큼 강한 셈입니다. 또한 하이쿠는 이데올로기를 초월하여 전 인류가 즐길 수 있는 문화 형태이기도 합니다. 나날이 복잡해지는 삶 속에서 바쁘게 살아가는 현대인들이 어느 순간 잃어버렸던 정서를 되찾게 되는 것은 17자라는 이 짧은 시 속에서가 아닐까 하는 생각도 해봅니다. 과학을 통해 인류가 더 발전하면 할수록 하이쿠는 더욱더 가치를 발휘할지도 모르겠습니다.

기회가 된다면 저는 근·현대 시인들이나 소설가들의 하이쿠도 한국 독자들에게 소개하고 싶습니다. 제가 전공한, 일본

의 국민 시인이라 할 만한 미요시 다쓰지(三好達治)의 경우에
도 이들의 하이쿠에 적지 않은 영향을 받았고, 또 스스로 많
은 하이쿠를 지었다는 기록이 있습니다. 아무튼 이 하이쿠 선
집이 독자들이 일본 문화에 대한 이해의 폭을 넓히는 데 도움
이 됐으면 하는 마음 간절합니다.

오늘 시대를 초월해 근세, 근대, 현대의 문학인들이 자리를
같이했습니다. 이렇게 만나기가 쉽지 않은데, 인터뷰가 끝난
뒤 한국 고유의 술 막걸리를 마시면서 역사적인 조우의 기쁨
을 하이쿠로 읊어보는 시간을 가져보는 것도 좋을 듯합니다.
저는 가장 후배이고 국적이 다른 사람입니다만, 선배님들을
위하여 하이쿠 한 수 지어보겠습니다.

—

마쓰오 바쇼

—

요사 부손

—

고바야시 잇사

—

마사오카 시키

—

가와히가시 헤키고토

—

1. 마쓰오 바쇼(松尾芭焦, 1644~1694)

마쓰오 바쇼는 1644년 지금의 미에 현인 이가우에노(伊賀 上野)에서 하급 무사를 겸한 농민인 요자에몬(与左衛門)의 차 남으로 태어났다. 아버지는 바쇼가 13세 때인 1656년에 세상 을 떠났다. 바쇼는 1662년에 무사이자 하이쿠 시인이었던 요 시타다(良忠)의 수하에서 일했지만 1666년에 그가 죽자 무사 로서의 길을 접었다. 그의 나이 23세 때의 일이다.

바쇼가 하이쿠 시인으로서 처음으로 구집(句集)에 작품을 실은 것은 1664년이었다. "피안(彼岸) 벚나무/ 꽃이 피면 늘 그막/ 생각이 나고"등이 최초의 작품이라고 일컬어진다. 이 때는 바쇼가 아니라 마쓰오 소보(宗房)라는 이름을 사용했다. 1672년에 바쇼는 이가우에노의 스기와라 사(菅原社)에 스스 로 평을 한《가이오이(貝おほひ)》를 봉납(奉納)했다. 그리고

그 해 봄에 에도로 내려갔으며, 그때 단린(談林)풍의 하이카이로 전향했다. 단린풍의 하이카이란 그 당시 경제력을 지닌 상인 계층인 초닌(町人)이 자신들의 생활 감정을 자유롭게 읊은 하이카이를 말한다. 단린은 이미 형식을 구축한 또 하나의 하이카이 유파인 데이몬(貞門)의 격식을 타파하여 새로운 하이카이를 만들고자 한 유파였다.

1675년 32세 때에 바쇼는 단린파의 스승인 니시야마 소인(西山宗因)을 맞이하는 자리에 참석했다. 이때 자신의 호를 소호에서 도세이(桃靑)로 바꾸었다. 전 해부터 이 해에 걸쳐, 마쓰쿠라 란란(松蒼嵐蘭), 핫토리 란세쓰(服部嵐雪)와 같은 사람들이 하이카이 시인으로 입문했다. 1677년 34세 때부터 4년 동안 바쇼는 가끔씩 에도(江戶) 고이시가와(小石川)의 수도 공사에 종사했다. 그러나 단지 도와주는 정도였다고 한다. 이 해 봄에 그가 하이카이 종장(宗匠)으로서 자신의 간판을 내걸었을 것이라는 추측성 기록이 있다. 37세 때인 1680년 겨울, 그는 후카가와(深川)의 초암(草庵)으로 거처를 옮기고 종장 생활에서 은퇴한다. 1681년 문하생 리카(李下)에게서 파초(芭蕉)의 포기를 받아, 자신의 초암을 바쇼암(芭蕉庵)이라고 불렀다. 이듬해에 오하라 센슌(大原千春)이 엮은 《무사시부리(むさしぶり)》에 처음으로 '바쇼'라는 호가 등장한다. 겨울에 에도의 대화재로 바쇼암이 불타자 그는 거처를 현재의 야마나시 현인 가이노쿠니쓰루야 군(郡) 야무라라는 곳으로 옮겼다.

바쇼가 방랑 생활을 시작한 것은 41세 때인 1684년부터다. 이 해 8월 중순에 그는 문하생 나에무라 치리(苗村千里)와 함께《노자라시 기행(野ざらし紀行)》의 여행에 나섰다. 이 여행은 다음 해 4월 말까지 9개월간 계속되었다. 44세 때인 1687년 8월에는《가시마 여행(鹿嶋詣)》에 나섰다. 10월에 바쇼의 귀향에 따른 송별 구회(句會)가 열렸을 때, 그는 "나그네라고/ 나를 불러보는/ 이른 겨울비"라는 구를 남긴다.《오이노코부미(笈の小文)》기행에 나선 것도 이 무렵의 일이다. 46세 때인 1689년 3월에는 문하생 소라(曾良)를 데리고 동북 지방 여행에 나섰는데, 9월 9일까지의 여행 기록을 담은 것이 바로 그 유명한《오쿠노 호소미치(奧の細道)》다. 이 여행기 이후에 바쇼풍이 완성되었다고 평자들은 평가하고 있다. 그 이듬해 3월에 바쇼는, "나무 그늘에/ 국물도 생선회도/ 벚꽃이로다"를 읊었는데, 이 구에 대해서 '가루미'의 구라고 평가한 바쇼의 얘기가《아카조시(赤双紙)》에 실려 있다. '가루미'는 주로 사람 사는 일과 관계된 것에서 구의 재료를 찾아서 평범하고 속된 것을 고차원의 세계로 승화시키는 것을 말한다. 1689년 4월에 그는 겐주암(幻住巖)에 들어가 7월까지 머물렀다. 이 때의 기록이《겐주암기(幻住巖記)》다. 48세 때인 1691년 4월에는 교토 사가(嵯峨)에 있던 교라이(去來)의 별장에 들어가 5월 초까지 머물렀는데, 이때《사가 일기》를 썼다. 이 무렵까지 그는《오이노코부미》를 집필하고 정리했다. 5월 이후에는 교토의 본초(凡兆) 집에 머물며《사루미노(猿蓑)》를 편집했

다. 그리고 7월에 교라이·본초가 엮은 《사루미노》가 간행되었다.

　바쇼는 1692년 5월 중순에 새로 지은 바쇼암으로 거처를 옮겼다. 그리고 같은 해에 '가루미'에 대한 의욕을 보이기 시작했다. 51세 때인 1694년 5월에 귀향 길에 오른 그는 시마다, 나고야 등을 거쳐 고향 이가우에노에 도착했다. 그리고 윤 5월 16일에 다시 고향을 출발해 오쓰, 교토, 사가 라쿠시샤 등지를 유랑하며 '가루미'를 자주 주장했다. 6월 초에는 에도 바쇼암을 지키고 있던 주테이(壽貞)가 죽었다. 주테이는 젊은 시절에 바쇼의 연인이었다고 전해지는 여인이다. 이 무렵 《스미다와라(炭俵)》를 간행한다. 9월 초에는 시코(支考)와 더불어 《속(續) 사루미노》의 편집을 대체로 완성하는데, 여기에는 만년의 바쇼의 아름다움이라 할 수 있는 '가루미'가 잘 나타나 있다고 평가된다. 같은 달 8일에 바쇼는 시코, 이젠(惟然) 등과 함께 고향을 떠나 나라를 거쳐 오사카에 도착한다. 이때 오한과 두통에 시달린다. 이러한 시련에도 불구하고 그는 계속 하이쿠를 썼으며, 28일경 병이 재발하여 병상에 눕는다. 상태가 나날이 악화되어 10월 5일경에는 병상을 오사카 미도노마에 하나야니에몬으로 옮긴다. 8일의 깊은 밤, 그는 시코에게 "여행에 병드니/ 꿈에서 마른 벌판/ 헤매 다니네"라는 구를 보여준다. 이 구는 결국 그의 마지막 작품이 된다. 그는 1694년 10월 10일에 유서를 쓰고 12일에 세상을 하직한다. 향년 51세였다. 11월 하순 무렵에는 기카쿠(其角)가 엮은

추모 구집 《가레오바나(枯尾華)》가 간행된다.

바쇼는 방랑 생활을 통해서 약 1,000구의 작품을 쓰며 앞서 간 사람들의 흔적을 더듬었다. 체험을 위한 방랑은 옛사람들의 전통 정신을 모색하려는 자기 연마의 길이었다. 또한 바쇼는 비록 체계적인 학문을 접할 기회는 없었지만, 사사로운 '마음'에 중심을 두지 않고 '물(物)' 속으로 들어가 물과 합일되어야 함을 깨닫기 위해 부단히 노력한 시인이다. 바쇼의 문학사적 가치는, 이처럼 시공을 초월해 진실한 감동을 이끌어내고자 노력하여 하이쿠에서 독자적인 경지를 개척했다는 점에 있다. 즉 바쇼는 하이카이를 예술의 경지로까지 끌어올리는 데 기여했다.

2. 요사 부손(與謝蕪村, 1716~1783)

요사 부손은 1716년 오사카에서 태어났다. 비교적 부유한 농가에서 태어났으나 부모를 일찍 여읜 것으로 알려져 있다. 부모에 관한 기록은 자세하게 전해지지 않는다. 그가 그림과 하이쿠를 배우기 위해 에도로 길을 떠난 것은 20세 때인 1735년이었다고 한다. 2년 후인 1737년에 그는 하야노 소아(早野宗阿)의 문하에 들어간다. 하야노 소아는 마쓰오 바쇼의 문하생인 에노모토 기카쿠(榎元其角)의 제자였다. 그 당시 소아는 야한테이(半夜亭)라는 하이카이 학습장을 만들어 하이

일본 하이쿠 선집

카이를 가르치는 일을 하고 있었다. 부손은 23세 때《야한테이 사이탄초(半夜亭歲旦帖)》에 자신의 구 한 수를 싣는다. 소아에게 배운 하이카이와 한문 등은 후에 하이카이 시인으로서의 부손의 삶에서 중요한 기반이 된다.

1742년 부손을 아껴주던 스승 소아가 66세의 나이로 세상을 뜨자 그는 에도를 떠나 북관동 지방과 동북 지방을 오랫동안 유랑한다. 이때 하이카이 수업과 그림 공부를 병행하면서 실력을 쌓아갔다. 1744년에는 그동안 사용하던 호 '사이초(宰鳥)'대신에 '부손'이라는 호를 갖게 된다. 36세 때인 1751년 초겨울 무렵, 부손은 방랑 생활을 접고 교토로 와서 하이카이 시인들과 교류한다. 그러나 당시에 부손은 하이카이보다는 그림 그리기에 더 많은 비중을 두고 있었다. 1754년에는 단고(丹後)에 가서 3년 동안 머무르며 역시 그림 그리기에 열중했다. 그가 문인화의 선구자 가운데 한 사람인 핫센칸사카키 햐쿠센(八僊觀彭城百川)의 영향을 받은 것도 이 무렵 전후의 일이다. 1757년에 교토로 돌아온 이래 10여 년간은 주로 그림을 그리며 살았다. 한산습득도(寒山拾得圖), 청음쌍마도(淸蔭雙馬圖), 춘산산수도(春山山水圖) 등은 그가 남긴 대작으로 손꼽힌다. 부손은 이 기간 중에 45세의 나이로 결혼하여 딸하나를 두게 되는데, 결혼과 더불어 안정된 생활을 하게 된 것도 그의 작품 세계에 적지 않은 영향을 주었다.

1766년에 부손은 야한테이의 중심 인물이 되었고, 하이카이의 모임인 '삼과사(三菓社)'를 결성했다. 그는 이 모임의 구회(句會)에 힘을 쏟아 개성 있는 뛰어난 구를 발표했다. 그 결과 1770년에는 야한테이의 사범으로 취임했고, 이로써 중흥기 교토 하이단에서의 위치를 확고히했다. 부손은 먼저 화가로서의 입지를 굳힌 다음에 하이카이 시인으로서 등장한 경우다. 그는 뛰어난 화가 출신답게 선명한 이미지를 언어로 창조해내는 능력을 발휘했다. 그의 하이쿠는 회화적인 요소가 강해 일반인들이 쉽게 접근할 수 있다는 후대의 평가도 화가와 하이카이 시인으로서의 두 가지 능력이 결부된 결과였다.

환갑이 넘어서 부손은 병으로 고통을 호소하게 되지만, 장시 〈춘풍마제곡(春風馬堤曲)〉을 수록한 《야한라쿠(夜半樂)》와 《신하나쓰미(新花摘)》 등을 간행하는 등, 하이카이 시인으로서의 원숙미를 보여주었다. 만년에도 그는 하이카이와 그림 양 분야에서 정력적인 활동을 펼쳤다. 1783년 12월 제자들이 지켜보는 가운데 68세를 일기로 세상을 떴으며, "나도 죽어서/ 바쇼 옆에 묻히리/ 마른 억새풀"이라는 생전의 희망대로 곤푸쿠지(金福寺)의 바쇼암 옆에 묻혔다. 후에 그의 아내도 남편 묘에 매장되었는데, 이는 그녀의 유언에 따른 것이었다. 부손의 하이카이는 회화적이며 인상 선명한 객관적 스타일을 선보였다. 후대는 그의 구가 낭만적·유미적·탐미적 성향을 보인다고 평가하고 있는데, 그가 한문 서적이나 고전에서 얻은 교양이 그러한 성향의 바탕이 된 것으로 보인다.

3. 고바야시 잇사(小林一茶, 1763~1827)

고바야시 잇사는 1763년에 지금의 나가노 현에서 농민의 아들로 태어났다. 3세 때인 1765년에 어머니를 잃고, 8세 때 계모를 맞았다. 14세 때는 할머니를 여의었고, 자신 또한 병 치레를 했다. 10세 때 남동생이 태어난 이후 계모와는 계속 사이가 좋지 않았다. 결국 15세 때 잇사는 가정불화로 인해 에도로 떠났으며, 그 후 10년간의 동향은 잘 파악되지 않는다.

25세 때인 1787년, 잇사는《마사고(眞左古)》에 자신의 첫 번째 구를 싣는다. 이후 젊은 시절 동안 수없이 많은 도보 여행을 하면서 여러 구집과 기록을 남긴다.《간세이(寬政) 3년 기행》(1791),《간세이 구첩(句帖)》(1792),《타비시우이(たびしうゐ)》(1795),《사라바카사(さらば笠)》(1798) 등이 그것이다. 1801년 아버지가 병으로 사망하자 잇사는《아버지의 종언(終焉) 일기》를 썼으며,《교와 구첩(享和句帖)》(1803),《분카(文化) 구첩》(1804) 등에서도 알 수 있듯이 기록과 하이쿠에 많은 정성을 쏟았다. 아버지의 죽음 뒤에 생긴 이복동생과의 유산 다툼은 그를 적잖이 힘들게 했던 것으로 보인다. 이복동생과 화해한 것은 1813년, 그의 나이 51세 때였다.

만년에도 잇사의 삶은 순탄치 않았다. 52세에 28세의 여인과 결혼해 고향에 안주했으나 54세에 본 아들이 한 달 남짓 살다가 죽었고 자신은 학질을 앓았다. 56세 때인 1818년에는 딸을 얻었지만 이 딸 역시 1년 조금 넘게 살다가 천연두

에 걸려 죽었다. 1819년 7월에는 잇사 자신이 또다시 학질을 앓았다. 《오라가하루(おらが春)》(1819)는 이 해에 묶은 구문집이다. 1820년에 58세의 늦은 나이로 둘째아들을 얻었으나, 그 아이 역시 몇 달 후에 어머니의 등에서 질식사한다. 이 해를 전후해 그의 건강에 이상이 왔는데 원인은 중풍이었다. 이내 회복했다고 그의 연보에 쓰여 있으나, 몇 년 후에 중풍이 재발해 언어 장애를 일으켰다. 환갑의 나이에 셋째아들을 얻었으나 역시 2세 때 잃는 등 악순환이 이어졌다. 게다가 61세 때는 아내가 세상을 떠났다. 62세 때 재혼했으나 이내 이혼했고, 중풍이 재발했다. 64세 때 세 번째 결혼을 했다는 기록이 있는 것으로 보아 잇사는 마지막까지 삶에 대한 희망을 품고 있었던 것으로 보인다. 그러나 그 이듬해 그는 세상을 뜨고 말았다. 그가 죽은 뒤 1828년에 유복녀 야타가 태어났다.

잇사의 일생은 불행의 연속이었다고 해도 과언이 아니다. 이렇듯 행복하지 못했던 삶이 반영된 탓인지 잇사의 작품 중에는 약자에 대한 동정심을 읊은 것, 강한 자에 대한 반항을 드러내는 것이 적지 않다. 또한 그는 속어나 방언을 대담하게 구사해서 생활 감정을 솔직하게 읊었고, 인간미가 풍부한 생활 하이쿠를 보여주었다. 그는 2만 구에 가까운 작품을 남겨 근세 하이쿠 시인 중에서는 다작의 시인으로 분류된다.

4. 마사오카 시키(正岡子規, 1867~1902)

　마사오카 시키는 1867년 9월 17일(음력)에 마쓰야마시에서 태어났다. 일본 근대의 역사가 1868년 메이지 유신에서 시작되니 그의 삶은 근대와 함께 시작되었다고 할 수 있다. 아버지는 시키가 6세 때인 1872년에 마흔 살의 나이로 세상을 떴다. 시키는 7세 때 에도 시대의 서당인 데라코야(寺子屋)에 다녔으며, 외할아버지에게 한학을 배웠다. 8세 때와 9세 때 맹자와 한문의 소독(素讀: 글의 뜻은 도외시하고 음독하는 것)을 배우고, 12세 때 한시를 짓기 시작하고, 오언절구를 매일 짓는 등 일찍부터 한문을 접했다. 13세 때인 1879년 여름에 의사 콜레라에 걸려 7일 정도 앓았으나, 아베 요시시게(安部能成)의 아버지의 도움으로 병을 치료했다.

　14세 때 시키는 마쓰야마 중학에 입학했다. 이때에도 한시를 짓는 데 열심이었고, 가와히가시 세이케이(河東靜溪)에게 첨삭 지도를 받았다. 그는 후에 시키의 제자가 되는 가와히가시 헤키고토(河東碧梧桐)의 아버지였다. 이 시기에 헤키고토가 처음으로 시키를 보게 된다. 15세 때 시키는 장차 정치가가 되겠다는 꿈을 꾸었다고 연보는 적고 있다. 그의 또 한 명의 중요한 제자인 다카하마 교시(高浜虛子)도 이 무렵 마쓰야마로 돌아와 초등학교에 입학한다. 일본 근대를 대표하는 이 3인의 하이쿠 작가가 이 시기에 마쓰야마라는 장소를 통해 만나게 되는 셈이다. 이듬해인 1882년, 시키는 자유주의에 관심을 가지면서 민권 자유 잡지 간행의 의지를 갖는다.

1883년 17세 때 시키는 마쓰야마 중학을 자퇴하고 도쿄로 간다. 그 이듬해에는 대학 예비문의 입시에 합격하고, 일본 근대 문학사에서 중요한 한 획을 그은 작가, 사실주의(寫實主義)를 제창한 작가인 쓰보우치 쇼요(坪內逍遙)의 강의를 듣는다. 19세 때인 1885년에는 《한산낙목(寒山落木)》에 하이쿠 7구를 남기며, 철학에 남다른 관심을 기울이고, 영어 소설을 빌려 읽는다. 22세 때는 철학자가 되려고 생각했다고 기록하고 있다. 또한 이 해에 시키는 심미학을 가리켜 시가서화(詩歌書畵)를 철학적으로 논하는 것이라고 정의했으며, 진화론에 관심을 쏟고 서구에 심취했다. 1889년은 각혈을 해서 시키(子規)라고 불렀던 해로, 시키는 두견새를 뜻한다. 이때 바쇼를 무턱대고 칭찬하는 것에 대해서도 비판을 제기한다. 1890년 24세 때는 나쓰메 소세키와 문장론을 주고받았으며, 고향에 있던 가와히가시 헤키고토에게 편지를 써서 그의 하이쿠를 평하기도 했다. 그 해 9월에 히토츠바시 대학(一橋大學) 문과대학 국문과에 입학했고, "가장 단순한 것이 가장 재미있는 것"이라고 강조하면서 언문일치에 대한 반감을 드러냈다.

1892년에 시키는 소설 〈달의 도시(月の都)〉를 탈고하고, 의고전주의(擬古典主義) 작가 고다 로한(幸田露伴)을 방문하여 비판을 받는다. 그는 소설가의 꿈을 접으며, 이 해에 자퇴를 결심한다. 소세키에게서 졸업을 권유하는 편지를 받지만, 결국 학교를 그만둔다. 12월에 일본 신문사에 입사해 하이쿠를 미술 문학이라는 전제하에 논하며, 신시 창조의 의도를 드러낸다. 《닷사이쇼오쿠하이와(獺祭書屋俳話)》를 발표해서 구파의 하이쿠를 부정한 것도 이 해의 일이다. 이듬해인 1893년, 〈바쇼 잡담(芭蕉雜談)〉을 게재해 바쇼에 대한 비판의 태도를 보이기 시작하고, 서사와 더불어 서경을 존중해야 한다는 말을 남긴다. 이 해에는 서양 심취에서 탈피했고, 무엇보다 홋쿠(發口)를 독립시켜 하이쿠라는 장르를 확립했다. 다음 해에는 사실(寫實) 중심의 하이쿠 이론을 선보이고, 문학은 직접 감각에 호소해 쾌락을 만들어야 하는 미술의 일종이라고 규정한다.

시키는 청일전쟁 발발 다음 해인 1895년에 29세의 나이로 강한 종군 의지를 보여 도쿄를 출발해 히로시마로 향한다. 7월에 귀국하는 선상에서 심한 각혈을 하고, 이후 위독한 상태에 빠져 다카하마 교시나 그 밖의 사람들로부터 간호를 받는다. 8월에 고향 마쓰야마로 가서 당시 마쓰야마 중학 교사였던 소세키의 집에 머무른다. 이때 소세키도 하이쿠를 시작했다. 이 해에 시키는 미의 표준은 각자의 감정에 따라 달라진다고 규정했고, 또한 순수 문학은 감정 문학이라고 주장했으며, 요사 부손의 자유로운 시경(詩境)을 옹호했고, 공상과 사실을 결합한 문학을 지향해 사생(寫生)에 적극적으로 임했다. 시키가 바쇼보다 부손을 높이 평가했다는 후대의 평가는 이러한 그의 시각과 무관하지 않다.

30세 때 그는 제자 헤키고토의 구는 사실(寫實), 교시의 구는 공상에 기울어 있다고 평가한다. 하이쿠 전문 잡지《호토토기스》가 창간된 것은 1897년으로, 시키가 31세 때다. 이 잡지는 하이쿠 시인들의 구심점이 되고 이후 많은 시인들에게 영향을 주었으며, 그런 만큼 일본 문학사에서 가볍지 않은 위치를 차지하고 있다. 이 해에 시키는 요통 수술을 받았지만, 상태는 더 악화되었다. 그는 때때로 서양 시를 읽기도 했고, 시간과 공간의 개념에서 하이쿠를 이해했으며, 회화의 사생과 마찬가지로 문학에도 실험이 필요하다고 주장했다.

그 후 시키는 자신을 중심으로 한 일본파(日本派)를 신문과 잡지의 중심 조직으로 만들어갔으며, 참된 신체시가를 짓기 위해 일본의 시가를 읽을 필요가 있음을 강조했다. 33세 때는 발열과 극심한 요통으로 식욕을 잃었다. 1899년 가을부터는 그림을 그리기 시작했다. 그에 따르면, 하이쿠에서는 공간적인 취향은 읽어내기 쉬우나 시간은 읽어내기 어려우며, 만요(萬葉)의 노래가 훌륭한 것은 감정을 있는 그대로 나타냈기 때문이다. 그는 1900년 34세 때 다량의 각혈을 했다. 소세키는 영국 유학에 앞서 시키를 방문했는데, 결국 이것이 이들의 마지막 만남이 되고 말았다. 그 다음 해에 시키는 유학 중이던 소세키에게 "살아 있는 것이 괴롭다"라는 글을 썼으며, 여러 가지 병세의 악화로 죽음의 시간을 느끼게 된다. 결국 1902년 유명한 절필삼구(絶筆三句)를 남긴 채 시키는 죽음을 맞이한다. 그때 그의 나이 36세였다.

《분류 하이쿠 전집(分類俳句全集)》,《신 하이쿠(新俳句)》,
《춘하추동(春夏秋冬)》등 하이쿠 저작이 많지만《보쿠주잇테
키(墨汁一滴)》등의 뛰어난 수필집도 남겼다.

5. 가와히가시 헤키고토(河東碧梧桐, 1873~1937)

가와히가시 헤키고토는 1873년에 마사오카 시키와 마찬
가지로 에히메 현 마쓰야마 시에서 태어났다. 시키보다 여섯
살 아래다. 아버지는 시키에게 한시 첨삭 지도를 해주었던 한
학자 가와히가시 세이케이다. 1893년 에히메 현 진조 중학을
졸업하고 9월에 교토의 다이산 고교에 입학했으나 학제 개편
으로 센다이의 다이니 고교로 전학하게 된다. 그러나 중도에
자퇴한다. 19세 무렵부터 시키에게 하이쿠 지도를 받았다.

1897년 전후로 시키의 인정을 받았으며, 1902년 시키가
죽은 뒤에는 신문 〈일본〉의 하이쿠 난을 담당하며 많은 신인
을 배출했다. 이른바 일본파 하이쿠의 진흥을 위해 헌신적인
노력을 계속했다. 일본 근대의 중요한 하이쿠 시인 가운데 한
사람인 오기와라 세이센스이도 헤키고토의 제자였다. 헤이고
토의 삼십대 때 활동은 맹렬했는데, 신경향 하이쿠 운동을 일
으켰으며 전국 도보 여행을 두 번이나 했다. 특히 1906년부
터 《삼천리 여행》에 의해 하이단(俳壇)이 전국적으로 대단
히 활기를 띠었고, 신경향 하이쿠 시대로 불리는 질풍노도의

시대가 열리기도 했다. 그가 일으킨 신경향 하이쿠 운동은 새로운 하이쿠풍을 추구하며 종래의 사실주의적 태도를 철저하게 지키면서 계절어나 정형에 구애받지 않고 자연보다 사람에게 일어나는 일을 먼저 생각했다.

1911년 4월 그가 창간한《층운(層雲)》은 종합 잡지《일본 및 일본인(日本及日本人)》과 함께 헤키고토의 하이쿠 운동의 아성을 이루었지만, 그는 1915년 3월《층운》을 떠나《해홍(海紅)》을 창간한다. '해홍'이란 해당화의 다른 이름으로, 그 무렵 그의 집 정원에 해당화가 심어져 있어 그의 집이 해홍당(海紅堂)이라 불린 데서 비롯되었다. 그러나 그는 이 잡지도 나카쓰카 잇페키로(中塚一碧樓)에게 물려주고, 1923년 50세의 나이에 개인 잡지《벽》을 창간했다. 이어서 1925년에는《삼매(三昧)》를 창간하며 활발하게 활동했다. 이 두 잡지를 주간하던 시기에 쓴 작품이 헤키고토 문학의 정점을 장식하게 된다. 그렇지만 가자마 나오에(風間直得)가 대두해 다른《삼매》동인의 반감을 사고 가자마의 제3리얼리즘론이 이른바 루비 달기(한자 옆에 토를 다는 것) 하이쿠를 지향하기에 이르러《삼매》의 내분은 파국적 단계에까지 치닫고 말았다. 헤키고토도 루비 달기 하이쿠를 시도해보았지만 곧 창작력의 감퇴를 느끼게 되었고, 1932년 환갑의 나이에 은퇴했다. 은퇴 후에는 서예, 여행, 연구 등에 전념하다가 65세의 나이에 생을 마감했다.

그는 여행을 좋아하여 일본 국내는 물론이거니와 조선과

중국 그리고 유럽까지 다녔다.

주요 편서와 저서로는《하이쿠 평석》(1899),《하이쿠 초
보》(1902·1902),《하이카이 만화(漫話)》(1903),《속(續) 춘
하추동》 전4권(1906·1907),《신(新) 하이쿠 연구담(研究談)》
(1907),《삼천리》(1910·1914),《신경향 구의 연구》(1915),
《화가 부손》(1926),《신흥 하이쿠로의 길》(1929),《산을 물을
사람을》(1933),《부손 명구 평석》(1934) 등이 있다.

옮긴이에 대하여

시인이며 번역가로, 또한 수필가로 칼럼니스트로, 인문학 여러 분야에서 전방위적인 활동을 펼치고 있는 오석륜은 1963년 충북 단양군 올산리에서 태어났다. 문학과의 만남에는 국문학을 전공한 아버지의 영향과 산골 마을 대자연의 숨소리가 중요한 거름이 되었다.

이후 대구에서 성장해 대건고등학교를 졸업했다. 동국대학교 일어일문학과와 같은 학교 대학원에서 일본 근현대문학(시)을 전공했으며, 〈미요시 다쓰지(三好達治) 시 연구〉로 문학박사 학위를 받았다. 한국에서는 시인으로 작가로 학자로, 한국 문학과 일본 문학을 아우르는 활동을 하는 보기 드문 인물이다. 이 같은 활동은 앞으로도 계속될 것이다. 현대인재개발원 교수를 지냈으며, 현재는 인덕대학교 비즈니스일본어과 교수로 재직 중이다.

대외 활동에도 적극적으로 참여해 대통령 소속 '국가도서관위원회' 위원, 한국출판문화산업진흥원 '세종도서' 심사위원장, '좋은책선정위원회' 위원, 일본어문학회 부회장을 역임했으며, 문화체육관광부·교육부·국방부 등 정부 여러 부처의 심사위원으로도 활동하고 있다.

그동안 시집, 산문집, 연구서, 번역서 등 많은 저서와 번역서를 출간했다. 지금까지 출간한 오석륜의 주요 저서와 번역서 목록을 보면, 그의 활동을 살필 수 있을 것이다.

시집 및 산문집
- 《종달새 대화 듣기》
- 《사선은 둥근 생각을 품고 있다》
- 《파문의 그늘》
- 《진심의 꽃: 돌아보니 가난도 아름다운 동행이었네》

연구서

- 《일본 시인, '한국'을 노래하다》
- 《시사일본어》(공저)
- 《미요시 다쓰지三好達治 시를 읽는다》
- 《일본어 번역 실무연습》
- 《미디어 문화와 상호 이미지 형성》(공저, 일본어판)

번역서

- 《풀베개》
- 《일본 하이쿠 선집》
- 《일본 단편소설 걸작선》
- 《한국사람 다치하라 세이슈》외 다수

sugyoono@hanmail.net

문학의 세계

일본 하이쿠 선집

초판 1쇄 발행   2006년 4월 30일
개정 1판 1쇄 발행   2023년 1월 13일
개정 1판 2쇄 발행   2023년 6월 15일

지은이 마쓰오 바쇼·요사 부손·고바야시 잇사·마사오카 시키·가와히가시 헤키고토
옮긴이 오석륜
펴낸이 김현태
펴낸곳 책세상
등 록 1975년 5월 21일 제2017-000226호
주 소 서울시 마포구 잔다리로 62-1, 3층(04031)
전 화 02-704-1251
팩 스 02-719-1258
이메일 editor@chaeksesang.com
광고·제휴 문의 creator@chaeksesang.com
홈페이지 chaeksesang.com
페이스북 /chaeksesang   **트위터** @chaeksesang
인스타그램 @chaeksesang   **네이버포스트** bkworldpub

ISBN 979-11-5931-892-4 04830
ISBN 979-11-5931-863-4 (세트)